作家と楽しむ古典

土左日記　堀江敏幸
堤中納言物語　中島京子
枕草子　酒井順子
方丈記　高橋源一郎
徒然草　内田樹

河出書房新社

はじめに

池澤夏樹

この本は前に出た『作家と楽しむ古典　古事記　日本霊異記《にほんりょういき》・発心集《ほっしんしゅう》　竹取物語　宇治拾《うじしゅう》遺物語《いものがたり》　百人一首』を継ぐものである。

『池澤夏樹＝個人編集　日本文学全集』はこの国の文学を創始期から現代まで辿《たど》ることを目指したのだが、そこで古典はすべて現代語に訳すという方針を立てた。そしてその仕事を学者ではなくたった今活躍している作家と詩人に頼むことにした。文学として読むのにいちばん大事なのは文体であって、これは作家と詩人に属する資質である。

作品と訳者のマッチングを考えて（英語でマッチメイカーというと仲人のことだ）、これを訳していただけませんかとおそるおそる依頼をする。この時代に古典への関心などみなさんお持ちだろうかと不安だったのだが、結果はほとんどの方が受けて下さった。

訳稿はつぎつぎにできあがり、それぞれ刊行され、実を言えばずいぶん評判がよろしかった。これはマッチングの自負するものだが、しかし、一人一人の訳者がどれほど苦労なさったかを察しないわけではない。ぼく自身も『古事記』を訳して大変な思いをした。

そして、苦労というのは終わってみれば楽しい思い出で、それは人に喋《しゃべ》りたいことである。

ではその機会を用意しようというわけで「連続古典講義」を企画した。その記録をまとめたのがこの「作家と楽しむ古典」というシリーズ。つまりこの先もまだまだ出るということだ。

乞うご期待。

目次

方丈記

徒然草

作家と楽しむ古典

土左日記
堤中納言物語
枕草子
方丈記
徒然草

土左日記
「虚構」と実験の書

堀江敏幸

［土左日記］

平安時代前期、承平《しょうへい》五（九三五）年に成立した最古の日記文学。紀貫之《きのつらゆき》作。紀貫之が土佐国司の任を終えて承平四（九三四）年十二月に土佐を出港して京都に帰るまで、五十五日間の海路の旅を日記体で描く。「男もすなる日記といふものを、女もしてみむとてするなり」の書き出しで知られ、仮名文学の先駆けである。

未解決だったこと

ずいぶん前のことになりますが、『土左日記《とさ》』について、「運動と停滞」（二〇〇一）と題する小さな文章を書いたことがあります（『アイロンと朝の詩人　回送電車Ⅲ』所収、中央公論新社）。その頃ぼくは、ジャック・レダというフランスの詩人の詩文集、『パリの廃墟《はいきょ》』（一九七七）の翻訳をしていました。これは、一九七〇年代半ば、文字通りパリの中心部にあった巨大な市場が取り壊され、その跡地に「レ・アール」と呼ばれる地下街がつくられつつあった、再開発の時期にあたります。中央部だけでなく、周縁部のあちこちに造成中の区画がありました。レダはそういう町を徒歩で、あるいはモビレットと呼ばれる「原付自転車」で移動しながら、変わりゆく光景、失われつつある光景、失われてしまった光景について、新鮮な驚きと哀惜を込めて語っていきます。

原文は、冒頭から数ページ、まったく改行がありません。延々と文章が続きます。ところが不意に段組が変わり、視界が開けて、余白の多い詩に変化します。ぎゅっと握り締めていた拳を、急に緩めたような感覚でしょうか。以後、全編にわたって、散文と詩が不規則にくり返されます。言葉をブロック状に固めたりばらしたりすることで、視覚的にも独特のリズムが生まれてきます。

このリズムに触れたとき、何かとても近しいものを感じました。よくよく考えてみたら、日本の古典文学の組み方なんですね。『土左日記』や『伊勢物語』には、散文と和歌が交互に出てきます。散文が続くところは文字が塊になっていて、和歌が出てくると空白が生まれる。この書式の空気がぼくは好きだったのです。『パリの廃墟』に対する親近感は、二十歳を過ぎてから知ったフランス文学のみに由来するものではなかったんですね。こうした共通項を再認識しながら翻訳を進めていったのですが、同時に、『土左日記』の文章の息づかいについても考え直すことになりました。それを「運動」と「停滞」という言葉で表現してみたのです。

揺れる原文

古典文学を読み始めたのは、高校時代でした。だれもがそうするように、最初は指定の参考書を買いました。語釈と注釈、さらに現代語訳がついている、ごく一般的な学習図書です。

ところが、レイアウトや色刷りの版面が、どうも気に入らなかった。なんだか読みにくいんです。それで、黒い活字だけでつくられた、古くからある定番の評釈を買ってみたんです。驚きました。いちばん大切な原文、音楽で言えば楽譜の表記が違うのです。どの言葉を漢字で書き、どの言葉を平仮名にするかが異なっていた。あわてて、同種のものを何冊か比べてみたのですが、やはり評釈者、研究者によってずれがある。

たとえば、『古今和歌集』の第一首、在原元方《ありわらのもとかた》の歌は、「年のうちに　春は来にけり　ひととせを　去年とやいはむ　今年とやいはむ」と記されていたり、「年の内に　春はきにけり　一年を　去年とや言はむ　今年とや言はむ」となっていたりする。おなじ歌のはずなのに、なぜ表記が統一されていないのか。理由は単純です。原文はすべて仮名文字なんですね。濁音もありません。「としのうちにはるはきにけりひとゝせをこそとやいはむことしとやいはむ」。それを、現代の人間にわかりやすいように分かち書きし、先生方がご自身の好みに応じて漢字を当てていたわけです。印刷されていたのは、オリジナルではなく、読みやすく翻刻されたテキストだったんです。「運動と停滞」を書いたときも、その事実を当然知っていながら、読みなれた版面を比較の原風景として設定していました。

しかし、現代語訳をするとなると、原典を再確認しておかなければなりません。素人に便利なのは、影印本です。底本を写真撮影してオフセット版を作り、それを印刷した複製本のことです。これなら、底本に書かれた文字をそのまま確認することができます。一目瞭然でした。和歌の表記は平仮名でした。しかも、注釈書でおなじみの、前後一行空き、一字下げで組まれた、あの和歌の周辺にある林間の空き地が、どこにも見当たらなかったのです。ずっと親しんできた『土左日記』は、もとの姿とまったく異なるものだったわけです。長い文章、長い段落が切れ目なく維持されているのは、書き手の発語のリズムにもかかわる生理的な問題だけでなく、そこになんらかの理由があるからです。ぼくは研究者ではありません。若い人たちに、わかりやすく、楽しく古典を教えることができる教師でもありません。千年以上前に書かれた日本語の作品を、内側から読み直すことしかできません。そのためには、もとの字面を生かさなければならない、と思ったのです。

四系統の写本

『土左日記』が書かれたのは、平安時代前期の九三五年、紀貫之《きのつらゆき》が六十歳を過ぎた頃だと言われています。一般的に、古典作品には原典が存在しません。現存しているのは、その写本です。当然、書き写した人に誤記があれば、それを写した人にも継承されます。複数の写本を比べると、異同が多くて、原典の特定が難しくなります。ところが、奇跡的なことに、

『土左日記』には、紀貫之自筆本からの写しであると明記された、正確な写本が存在するのです。自筆本から直接筆写された写本は四冊。藤原定家《ふじわらのさだいえ》、藤原為家《ためいえ》、松木宗綱《まつのきむねつな》、三条西実隆《さんじょうにしさねたか》によるものです。とりわけ重要なのが、定家本と為家本です。

平安時代後期には、『土左日記』はすでに広く読まれていました。しかしそれは紀貫之自筆のものではなく、写しの写しを重ねていった、かなり不正確なものだったのです。事態が一変したのは、一二三五年（文暦《ぶんりゃく》二年）の五月のことでした。貫之の自筆本が蓮華王院《れんげおういん》に秘蔵されていることが判明し、晩年の藤原定家がそれを手もとに置いて、筆写する機会を得たのです。テキストの成立後、三百年を経ての奇跡でした。老眼に苦しみつつ、定家は渾身の力を込め、かつ冷静に、まる二日かけて写本を作成しました。さらに、最後のページに、参考として原典のままのレイアウトで、貫之の筆蹟を模写しています。これは現在、その複製を国立国会図書館のデジタルコレクションで見ることができます。

ただし、定家が筆写した本文は、原典をそのまま写したものではありませんでした。適宜、仮名遣いが変えられているからです。なぜそんなことをしたか。答えは三百年という時間差にあります。貫之が生きた平安時代前期と、定家の鎌倉時代初期では、日本語がずいぶん変化していました。定家は十三世紀の読者のために、仮名の字体を変えたり仮名を漢字に置き換えたりしているほか、読み誤りのないよう、注をほどこしているのです。定家は当時の文献から、仮名の用例を整理して、仮名遣いの体系をつくっていました。定家仮名遣いと呼ばれるものですが、『土左日記』の書き換えもこれに則っています。定家の写本は単なる書写でなく、批評校定本だったわけです。

後でまた触れますが、書き換えた例としてわかりやすいのが、冒頭の一文です。彼は、「をとこもすなる日記といふものを」を、「をとこもすといふ日記といふ物」と書き換えました。「すなる」は、「すといふ」の意味、つまり推量・伝聞の意味であって、「男が書く日記というもの」ではなく、「男が書くという日記というもの」と解釈すべきであるとしたのですね。

このとき、定家は七十歳を過ぎていました。視力も落ちていました。とはいえ、さすがに明晰な人です。息子の為家に命じて、貫之自筆原稿を、意味の不明な箇所があっても、今度は一字一句正確に、原文のとおりに筆写させたのです。こうして、定家本の翌年、一二三六年に、息子の手になる為家本が完成しました。為家本は長らく行方がわからなかったのですが、一九八四年に神田の古書店が発見し、売りに出されました。これは現在、大阪青山歴史文学博物館に収蔵されています。

為家本が発見されるまでは、その為家本の写本である青谿書屋本《せいけいしょおくぼん》と呼ばれる版が、もっとも原典に近いものとして、重宝されてきました。こちらは『影印本　土左日記』（新典社）

で、簡単に入手できます。また、定家本、為家本という二つの系統のほかに、松木宗綱による写本をさらに筆写した宮内庁書陵部本、三条西実隆による写本をさらに筆写した三条西家本の系統がありますが、紀貫之自筆原本からの写本が複数あり、為家本のように精度の高い写本が残されている古典作品は、他に例がありません。

土佐《エッセイ》か、土左《フィクション》か

さて、定家本の奥書には、貫之の自筆による外題があると記されています。為家はそれを忠実に書き写しました。それが『土左日記』です。現在の高知県である土佐国の「土佐」でなく、人偏のない「土左」です。教育の現場では『土佐日記』と教わることが多いのですが、自筆原本からの写本に「土左」とある以上、貫之も「土左」と記していたはずです。今回の現代語訳では、それに倣《なら》いました。

紀貫之が土佐国に国司として赴任していたのは、九三〇年から九三四年にかけてのことです。その任期を終えて、土佐から京への帰路とおぼしき海の旅を「日記」ふうに綴《つづ》ったのが『土左日記』だとされています。土佐国を舞台にして、その土地や人々との関わりに重きを置いた書き物であれば、当然『土佐日記』としたでしょう。それを、あえて、音だけもらって「土左」と表記したのは、この本の内容を実際の土地から離したかったからだと思います。現実に密着しすぎないよう、距離を取りたかった。つまり、この物語が最初から「虚構」であることを示す徴《しるし》だということです。

では、なぜこの時点で貫之は虚構を書かなければならなかったのでしょうか。『土左日記』のような作品を書くには、動機が必要です。手すさびに、女の身になって遊んでみましたといった軽い気持ちで、こういうものは書けない。そこで、すぐれた先生方の研究書や評伝に目を通して貫之の生涯を頭に入れたうえで、『土左日記』執筆に至った男の内側を想像してみることにしました。すでに名声を得て実績もあった貫之という歌詠みが、なぜこのような散文に手を染めたか、心の内側が見えてこないかぎり、現代語訳になど手をつけられません。また、かりにその内面なるものを見据えることができたとしても、訳文のなかに複雑な作者の胸中を反映させることはできません。そういったものは、本来「注」として処理すべきだからです。

さんざん悩んだあげく、現代語訳に創作を添えることにしました。貫之自身の声を新たな虚構として書き起こし、本文の前と後に、それを置く。そして、貫之自身が、すでに眼の前にある自分の作品を浄書し、読み返しながら、見えない読者に向かって、「ここはこういうふうに書いたのだ」とぶつぶつ喋《しゃべ》りながら、自注をほどこしていく。そんな構成です。かなりの冒険です。しかし、このやり方でなければ、『土左日記』のテキストの不思議なゆらぎを可視化するのは難しいと考えました。架空の述懐となる「貫之の緒言」の冒頭を一部、ご紹介します。

貫之による緒言

其の一

あれはたしか昌泰《しょうたい》四年（九〇一）一月、道真公《みちざね》が大宰権帥《だざいのごんのそつ》に左遷されるという、晴れわたった空のもとでいきなりいかづちに見舞われたような出来事があって、亭子院《ていじいん》の手から延喜帝《えんぎてい》へ、道真公から時平《ときひら》殿へと、世の土の下に眠っていた岩漿《がんしょう》がにわかに沸きあがり、それが徐々に冷えてかたまりつつある頃のことだった。五年に及ぶ遠国で国司の任を果たし、六十もなかばを越えようとしているいま、こうして当時をふりかえってみると、和魂漢才を一身にまとった道真公の不遇がなければ、私が奏上するはこびとなった新しいよろずの言の葉は、たとえそこにやまとうたをならべようとも、いまだ漢字で記された詩の上にふわりと落ちかかる程度で、土ぜんたいを豊かにするような展開には到らなかっただろうと思わずにいられない。延喜の帝《みかど》のもと、やまとうたの精華を採取し、表現のありようをさらに突き詰めるという試みは、不幸のなかで手にした奇跡的な幸福の種であったかもしれないのである。（略）

（「土左日記」堀江敏幸訳『池澤夏樹＝個人編集　日本文学全集03』※以下、堀江訳）

九世紀の終わり頃、いよいよ国風文化が出来上がるかという時期、男性が漢文を読むときの読み下し記号として編み出した平仮名を、女性たちがみずからの表現方法としてものにしていきました。まだ和歌の地位はそれほど高くありません。菅原道真《すがわらのみちざね》が準備していた勅撰《ちょくせん》和歌集は、漢字で記した詩に和歌を添えるという、ハイブリッドな試みになるはずでした。そのままいけば漢語の地位は守られていたでしょう。しかしご存じのとおり、道真は九〇一年、大宰府《だざいふ》に左遷され、勅撰和歌集の計画は頓挫してしまうのです。

こうして始まった醍醐《だいご》天皇の延喜《えんぎ》年間（九〇一～九二三年）は、宮廷文化が成立していく時期です。職業歌人が重用され、年中行事やお祝いの席などで題詠をおこなうようになります。歌人は依頼を受けて、歌を詠むのです。他者になりかわって、状況に応じた、当意即妙の、かつ滋味深い歌を詠まねばなりません。若き日の貫之は、歌会の題詠で才覚を認められ、出世していくのです。そして、ついには醍醐天皇の勅令を受け、紀友則《とものり》、壬生忠岑《みぶのただみね》、凡河内《おおしこうちの》躬恒《みつね》と協力して、『古今和歌集』の編纂《へんさん》に乗り出します。道真が叶《かな》えることのできなかった、初めての勅撰和歌集です。貫之はここで、序文を任されました。平仮名による「仮名序」です。このような実績を積み重ねてきた貫之が、六十歳を過ぎて、なぜ『土左日記』を書くに至ったのか。「貫之による緒言」と「貫之による結言」は、その疑問に対する自分なりの回答になっています。

仮名に透ける遊戯

「大和歌は人の心を種として、万の言の葉とぞなれりける」

これが「仮名序」の有名な冒頭です。大和歌つまり和歌は、中国から入ってきた五言七言の漢詩と違って、人の心を種子とし、すべてを経めぐらせていく言葉として繁ったものだ、ということでしょう。この一文を文字どおりに受け取れば、「人の心」を語っているように見えますね。しかしテキストの景色をオリジナルに戻すと、こうなります。

「やまとうたはひとのこころをたねとしてよろつのことのはとそなれりける」

以下、今回の現代語訳にあたって大きな拠り所となった、国語学者の小松英雄《こまつひでお》先生の説を引きながら述べていきますが、まず「種」と「葉」には、意味的な対応関係があります。どちらも植物です。すると、語句の位置から、「人」と「万」も対応関係にあると考えたくなりますね。けっして不自然なことではありません。では「人」と「万」にどういう関連があるのか。じつは、ここに漢字表記の問題があるのです。「ひと」は、仮名文字です。それを、全体の解釈に添うよう、「人」に変換した。しかし「万」という数に対応させるとしたら、「ひと」はむしろ「一」のほうがいい。「ひとひ（一日）」「ひとよ（一夜）」という場合の「一」です。したがって、「ひとのこころ」と「よろつのことのは」には、「一の心」と「万の言の葉」、「一」と「万」という対応関係があるとも考えられるのです。仮名文を漢字まじりに変換すると、「ひと（一）」と「よろつ（万）」の対応関係がわからなくなってしまうわけですね。

ところが、ほとんどの評釈には、「人の心」と書かれています。『古今和歌集』は、九〇五年に奏上された、平安時代前期の書です。平安前期と後期の日本語の大きな相違は、前者がすべて平仮名で書かれているということです。この時期に成立した作品を、漢字表記にすると、そこに込められた重層的な意味が消えてしまう危険が生じるのです。平仮名で表記するからこそ、句の頭の文字を拾って「かきつばた」のような花の名前を折り込んだり、句と句をまたいでべつの言葉を浮きあがらせることもできるのです。それは平仮名でなければわからない、意味のある空目なのです。

「ひとのこころ」は、『土左日記』にも出てくる言葉です。八世紀、唐に渡った阿倍仲麻呂《あべのなかまろ》が、いよいよ日本に帰るとき、船の乗り場で、別れを惜しんだ彼の国の人たちが漢詩を作ってくれた。そこで阿倍仲麻呂も、望郷の歌を詠んだ。和歌だから、唐の人たちにはたぶんわかるまいと思ったけれど、漢字に書き替えて、日本語のわかる人に通訳してもらったら、一同しみじみと感じ入ったという逸話です。この話を「もろこしとこのくにとはことことなるものなれとつきのかけはおなしことなるへけれはひとのこころもおなしことにやあらむ（唐とこの国とは、言異なるものなれど、月の影は同じことなるべければ、人の心も同じことにやあらむ）」と、語り手は述べています。拙訳では「とうのくにと、わたしたちのくにとでは、ことばこそちがうけれど、つきのひかりはおなじなのだ。たぶん、ひとのこころも、おなじなのだろう」としましたが、その段の最後に、貫之自身の言葉としてこんなことを喋らせました。

（唐で官位を得るほど語学に長《た》けた方が、そのような状況であえてうたをよみ、しかもそれを通事に訳させる必要はないはずである。ここに仲麻呂《なかまろ》の逸話を記したのは、もっぱら、からうたとやまとうたを対比したかったからだ。仲麻呂の眼前にひろがっていたのは、はるかな海である。私はすでに古今和歌集の羈旅《きりよ》のなかで、仲麻呂のうたを並べている。そこでは、青海原ではなく、天の原であった。わざわざ海原に置き換えた理由は、はっきりしている。私はその一点を除いて、逸話の大半を古今和歌集の詞書から引いたのである。それを引くために海と月を持ち出したのだ。心をいかに伝えるか、そして、からうたとやまとうたをいかに往還するか。それを考えてみたかった。望郷の念はつよい。しかし、ただ月が美しく、ただ故国がなつかしいというだけの話ではない）。

（堀江訳）

月が一つであるように、一つの心、「ひとのこころ」がある。「ひとのこころ」なるものが全体を動かしていて、それが「人」に歌を詠ませるのだ。そう貫之は考えているのです。「大和歌は、人の心を種として、万の言の葉とぞなれりける」も同様です。歌は「一の心」が「万の言葉」となって表出されたものであるという、『古今和歌集』で述べられた貫之の考え方は、『土左日記』にも流れ込んでいるのです。

「一の心」を信じて、自分は『古今和歌集』の頃から努力してきた。けれど、それが必ずしもうまくいっていない。支えてくれた人々が亡くなり、歌人としての地位も安泰ではなくなってきている。そろそろ新しい方向性を打ち出さなければならない。そんな焦燥もあって、貫之は『土左日記』を書こうとしたのだと思います。だからこそ、歌を独立させた『古今和歌集』の様式を変えて、『土左日記』では散文のなかに歌を溶け込ませるという実験をしたのではないか。それが「緒言」で描いた感懐の一つです。

男文字、女文字

さて、本文を訳すにあたっての最大の難関は、先に定家が「をとこもすといふ」と書き直した冒頭の一文です。これには本当に悩まされました。定家は古典解釈の権威でもありますから、貫之にしてへんにぎこちない「すなる」という表現を、伝聞や推量の意味だと言えば、後世の人間は従うほかありません。しかし、『土左日記』を虚構と見做《みな》し、内容だけでなく表現上の実験がふくまれていることを考えると、やはりテキストの景色に違和を感じてしまうのです。参考までに、原文を複数の注釈書の翻刻と比べてみましょう。

「をとこもすなる日記といふものををむなもしてみむとてするなり」（紀貫之）

男もすなる日記《にき》といふものを、女《をむな》もしてみむとてするなり。

（『土佐日記・蜻蛉日記』菊地靖彦・木村正中、伊牟田経久校注・訳、新編日本古典文学全集13　小学館）

をとこもすなる日記《にき》といふものを、をむなもしてみむとてするなり。

（『土左日記』鈴木知太郎校注　岩波文庫）

男《をとこ》もすなる日記《にき》といふものを、女《をんな》もしてみむとて、するなり。

（『土佐日記　付現代語訳』三谷榮一訳注　角川ソフィア文庫）

原典は、「日記」を除いてすべて仮名文字です。「日記」は中国から入った外来語なので、漢字のまま記すしかありません。当時の日記とは、日次《ひなみ》の記、つまり公務員がその日にあったことを記す公務日誌のことでした。『土左日記』は、その日次の記録を真似《まね》て書かれたという体裁をとっています。したがって、日付は漢字で書かれなければなりません。また、小松先生によれば、「日記」という外来語の正しい発音は「ニッキ」です。日本でニキと発音するようになったのは、十六世紀以降のことだそうです。「日記」にルビを振るとしたら「にっき」となるのでしょうか。それにしても、表記の相違には驚かされます。読点一つで印象は大きく変わりますし、漢字のあるなしで、これだけ景色が変わるのです。要するに、現代語表記にする作業じたいが、すでに翻訳なのです。そして現代語訳はほぼ、「男が書くという日記というものを、女の私もやってみようと思って」という文意の範疇《はんちゅう》に収まっています。

ではなぜ、あれほど音感にすぐれた貫之が「すなる」という、響きの悪い言葉を使ったのか。「かく（書く）」という言葉があるのに、なぜ「すなる」なのか。紀貫之は、『古今和歌集』で仮名文字の用法を究めた人です。不用意な言葉遣いをするはずがありません。あえてこのような言い方をするとしたら、なんらかの仕掛けがあるにちがいない。そこまでは感じ取れても、先が続きません。「するという」の意味で固定された「すなる」の壁を崩すのは困難です。しかし小松先生の一連の仕事、なかでも『古典再入門――『土佐日記』を入りぐちにして』（笠間書院、二〇〇六年）を読んで、ようやく腑《ふ》に落ちました。仕掛けを読み解くには、原風景に戻ることが必要なのです。アスファルトを剝がして、もとの土を観ること。言葉の前後を見わたし、歌人紀貫之ならではの対応関係を見出すこと。小松説はこうです。「をむなもし」の部分に濁点をつけると「をむなもじ（女文字）」と読めます。女文字とは、もちろん仮名文字のことです。「女文字」があるなら、「男文字」があってしかるべきでしょう。頭にもどって読み返すと、いきなり「をとこもす」とあります。とすれば、この「す」は、ただの「す（なる）」だけの意味ではないことになります。「す」という動詞は活用上、ここでは「し」にできません。それを承知で、貫之はわざわざサ行の動詞を選んだのです。理由があるとすれば、ただ一つ。「をむなもじ（女文字）」と呼応する、「をとこもじ（男文字）」の読みの可能性を、ぎりぎりのところで示唆したかったからです。貫之は冒頭の一文に、男文字と女文字という対比を仕込んだというわけです。

ここでようやく、貫之の心中を受ける虚構の緒言に続く、本文解釈へのとっかかりを得たのです。拙訳の冒頭は、こうなっています。

おとこがかんじをもちいてしるすのをつねとする日記というものを、わたしはいま、あえておんなのもじで、つまりかながきでしるしてみたい（それは必ずしも、女になりすますことを意味しない。すでにこの書が私という男の手になるものであり、土左日記という標題を持つ創作であることは、劈頭《へきとう》に、ほかならぬ漢字で記されているのだ。これは土左日記《とさにっき》であって、とさのにきではない）。

（堀江訳）

『土左日記』は、男文字である漢字を使った漢文ではなく、女文字による和文で記すことで出来上がった、男女の視点の融合するテキストなのです。だから作者は、男の「私」にもなれば、女の「わたし」にもなります。貫之自身が語っていると読める部分もあれば、貫之を師と仰ぐ女性が書いているていの記述もあるのです。原文の、視点の揺れの秘密は、そこにあるのではないか。最初から最後まで仮名文字で通すことによって、はじめてそのようなゆらぎの風景が生まれるのです。そのような解釈に立てば、貫之という人の内側から見た男女の振り分けも操作できるでしょう。そこで、現代日本語表記のカッコを用いて、男である貫之の、つまり語り手自身による注釈を、そのつど差し込むことにしたのです。

テキスト・クリティークとしての『土左日記』

二十世紀以降、西洋のテキスト・クリティークの影響で、日本語の文芸評論の場においても、書いている「私」と語られている「私」の乖離《かいり》について言及されることが多くなりました。しかし、文章を書く人なら誰でも実感できると思いますが、書き手の「私」と書かれた「私」の乖離は、まったく自明のものです。一致しないから、重ならないからこそ、言葉が出てくるのです。「をとこもすなる日記といふものををむなもしてみむとてするなり」。ここでは、語り手は作家本人ではないということを、貫之が宣言しているのです。『土左日記』の作家である紀貫之という人と、『土左日記』のなかにいる語り手は重なりません。書けば書くほど、語り手は貫之から離れていき、また、すっと近づくのです。「運動と停滞」がそこに生起します。男文字と女文字の、相互浸透性のある膜が、語りの視点にも用いられているからです。

そんなわけで、訳し始めるまでにずいぶん時間がかかりましたが、方針を決めてからは、比較的滑らかに進めることができました。『土左日記』は語りの視点を重層させて読むことで、きわめて現代的な、しかも切実な「虚構」として立ち上がってくるのです。

質疑応答

【質問1】今後、堀江さんご自身の作品に『土左日記』からアイデアを活《い》かして使うことはありそうですか。

『土左日記』の現代語訳と並行して、『その姿の消し方』と題する本の準備を進めていました。これは二十世紀前半を生きたフランスの、詩人のようなそうでないような無名の人物が書き残した言葉を、二十一世紀の現在を生きる日本人の「私」が、切れ切れに読み解いていく物語です。言葉について考えることがそのまま生きることにつながっていく点において、両者は明らかに相補的な関係にあります。つまり、アイデアはすでに消化されている、ということになりますね。

【質問2】五島美術館の展覧会に行きまして、紀貫之の書いた『古今和歌集』最古の写本

〈高野切古今集〉を見てきました。とても几帳面《きちようめん》で美しい文字でした。それを見ていると、「まだ俺の良さがわからないのか」と紀貫之に言われている感じがしました。どう思われますか。

貫之の残した書は、美しい作品ですね。生の手跡を見られるのは素晴らしいことで、そこにしか映りえない何かがあります。高野切古今集のように、貫之が色紙に書いた和歌を見ると、五七五七七で行分けしていません。五七五七七に収まらない呼吸で、言葉の動きを追っています。

紀貫之の書をご覧になるなら、東洋文庫ミュージアムに行くのもお勧めです。船の上で書かれたような文字や、歩きながら書かれた文字なども見ることができます。和書の形をしたものや、和書を切り貼りして作った見習い帳などもあって、当時の工夫も見られます。また、和紙の良さも感じられます。当時の紙は保存料も使っていないので傷みもありますが、きちんと残っています。

余談ですが、貫之が土佐国の国司として、何をしていたのか、記録は一切ありません。「日記」、すなわち政務日誌が残っていれば、たくさんの謎が解けたことでしょう。そもそも、京から土佐へ向かったのが、陸路だったのか海路だったのかもわからない。陸路であれば海賊の心配はいりませんが、なぜ、見るもの聞くものすべて新鮮だった往路ではなく、復路を物語にしたのか。土佐で子どもを亡くしたという記述の解釈が、一つのヒントにはなりますね。

それから、揺れる船の上で書くのは、楽なことではないと思います。定家が参照した『土左日記』の自筆本は、やはり帰京してからまとめたものでしょう。当時、紙は貴重品でした。貫之の時代は、やっと図書寮で紙を漉《す》き始めた頃です。そんな貴重な紙を、いかにも書き損じそうな船の上なんかで使うことはできません。目の前のことを書くのではありませんから、書く自分というものを徹底的に意識した虚構だという解釈は、そこからも出てきます。

【質問3】堀江さんの小説『燃焼のための習作』に、過去の自作に対する自己言及があった気がします。急に筆が走り出すのを抑えるようなところなどを読んで、そう感じました。それが今回の『土左日記』の翻訳における、紀貫之が自己批評をしているような書きぶりにつながったのではないかと僕は思いました。いかがでしょうか。

『燃焼のための習作』は、それ以前に書いた『河岸忘日抄』に登場した人物の、その後の物語です。したがって、そこにあるとしたら、自己批評というより、二つの作品内でのかすかなテキストの呼応だと思います。

文章を書いていると、いつのまにか、むかしたどった道を歩き直しているような気持ちになることがあります。どこかで書いた気がするなと思いながら書き進めているときは、自分の意志ではなく、何かにうながされて書き直しをしているような錯覚に陥ります。先行する仕事がつながって『土左日記』の翻訳に結びついているとすれば、とても嬉《うれ》しいことですね。

堤中納言物語

軽やかなパロディ短篇集

中島京子

［堤中納言物語］

平安後期の短篇物語集。天喜《てんぎ》三（一〇五五）年の「逢坂《おうさか》越えぬ権中納言」（女房小式部《こしきぶ》作）以外は、作者と成立年代未詳。「花桜折る少将」「虫めづる姫君」など十篇の短篇物語と一つの断章からなる。ユーモアに溢れた機知に富む作品が多く、『源氏物語』などの影響を感じさせない作風が特徴である。短篇ごとに文体が違うため、複数の作者によるものとされている。

日本最古の短篇物語集

『堤中納言物語《つつみちゅうなごん》』は十篇の短篇と一つの断章からなる、日本最古の短篇物語集です。成立の時期は十一世紀の中頃から十二世紀、なかには十三世紀に入ってから書かれたと言われているものもあります。詳しくはわかりません。作者もばらばらですし、誰が編んだかもわかっていません。とにかくはっきりしているのは、日本で最初に編まれた短篇物語集だということだけです。

『堤中納言物語』に先がけること五十年や百年前に、『源氏物語』があります。皆さんご存じのように、『源氏物語』はひじょうに長い物語で、人気も高く、影響力の強い大作です。一度これにとりつかれたら、書くものが全部『源氏物語』の影響を受けた内容になってしまう。『源氏物語』以後の物語は、どうしても『源氏物語』の亜流に見えてしまう。国文学を研究する先生方の間では、そんなふうに言われているようです。そのために『堤中納言物語』も『源氏物語』の亜流とされずっと評価が低かったそうです。

『堤中納言物語』を現代語訳しませんか、と河出書房新社さんから言われて、私が古典の現代語訳なんて引き受けていいのだろうか、と最初はおろおろしました。古典の研究者でもないのに、よくわからないものに手をつけて火傷《やけど》してはいけない。そんな気持ちがあったものですから、国文学者の島内景二《しまうちけいじ》先生のいらっしゃる調布の電気通信大学までレクチャーを受けに行きました。「どんな点に注意したらいいでしょう」とうかがう私に、島内先生は「『堤中納言物語』は同時期の作品とくらべて、自由度の高い短篇集なんですよ」とおっしゃいました。

読んでみて、そうかもしれないなと思いました。『堤中納言物語』に限っては、『源氏物語』の亜流というよりも、パロディのような軽さがあります。真似《まね》してしまったのではなくて、距離を持って新しい角度から『源氏物語』を楽しんでいる。つまり批評性があるんです。そんな感性の持ち主が『堤中納言物語』の編者だったのではないかと思います。

すべての物語が『源氏物語』に縛られていく以前からあった、物語そのものの純粋な面白さや可笑《おか》しさ。その魅力を持ちあわせた短篇が、『堤中納言物語』ではピックアップされています。また、バラエティ豊かな、いろんな種類の物語が収められています。「ですから中島さん、『堤中納言物語』は自由です」と、島内先生はおっしゃいました。それを聞いて、私はとても嬉《うれ》しくなってしまいました。

私は自分の作品でもパロディを書くことが多いのです。そこでいつも思うのは、読むことと書くことは常につながっているということ。誰かの書いた作品を読んで、自分のなかで咀《そ》嚼《しゃく》して、新しい視点を見つけて、そこから自分の作品を書くわけですね。作家はだいたいそういうふうにして作品を書いているものではないでしょうか。こっそり先行作品にオマージュを捧げるのも、これはパロディだ、とはっきりわかるように仕上げるのも、私は好きです。千年も前の人たちがパロディを楽しんでいたことを知って、私は心強い先輩を見つけた気がしました。『堤中納言物語』を編んだ人の遊び心や批評精神を想像すると、私はきっとこの人と気が合うんじゃないかな、楽しくお話しできるんじゃないかな。そんな親近感をおぼえて、私にも『堤中納言物語』の現代語訳ができそうだという確信を得ました。

日本文学には昔から、本歌取《ほんかど》りの伝統があります。誰かが詠んだ歌を念頭において、それを引用したり借用したりして、新しい歌をつくる。それが日本の歌の伝統であり、歌人たちの技と粋と教養でもありました。

ですからパロディ的な精神は、日本文学のなかで長い伝統のあるものです。その意味からも、面白い作品だと思って取り組むことができました。

堤中納言って誰よ？

『堤中納言物語』が面白いのは、堤中納言が誰だかわからないことです。堤中納言なんて人は、物語中のどこにも登場しません。では、このお話を書いた人か編んだ人が堤中納言なのかというと、そういうわけでもないんです。

堤中納言と呼ばれた実在の人物はいました。賀茂川《かもがわ》堤に住んでいた、藤原兼輔《ふじわらのかねすけ》という人です。その人をモデルにしたかもしれないという説があるのですが、いまいち確証がありません。

くわえて収録された作品も、誰がいつ書いたのか全然わかりません。「逢坂《おうさか》越えぬ権中納言」というお話だけは、一〇五五年（天喜《てんぎ》三年）に女房小式部《こしきぶ》が書いたものだとわかっていますが。それにしたって、『堤中納言物語』はわからないことだらけです。

堤中納言って誰よ？　結局、誰にもわからないんです。そう思うと『堤中納言物語』だなんて、まったく人を食ったタイトルですよね。一体どこから来たタイトルなのでしょう。巷《こう》間《かん》言われている説はいくつかあります。

これらの短篇は、風呂敷みたいな布に包まれて保管され、〝どうぞお見せします〟と包みが開かれるかたちで、人びとに読まれていたそうです。ですから、「包《つつ》みの物語」ということから、堤《つつみ》の単語が使われたという説があります。

もう一つの説は、『堤中納言物語』は、もともと『権中納言《ごんちゅうなごん》物語』だったという説です。草書体のように流れる文字で書くと、「権」と「堤」はよく似ています。写本がつくられるなかでいつのまにか、『権中納言物語』が『堤中納言物語』になっちゃったという説です。

さらにもう一つ、国文学者の稲賀《いなが》敬二《けいじ》先生は、堤中納言とは藤原定家《ていか》のことで、藤原定家が『堤中納言物語』を編んだのではないかという説を挙げられています（『落窪《おちくぼ》物語・堤中納言物語』新編日本古典文学全集17　小学館　所収）。とても面白い説です。藤原定家と言えば、小倉百人一首の撰者《せんじゃ》ですね。百人一首のほうでは、藤原定家は権中納言定家を称しています。

すると、「逢坂越えぬ権中納言」のモデルは藤原定家ではないか、と思いますよね。ところが藤原定家は一一六二年に生まれ、一二四一年に亡くなっています。その人が、一〇五五年に書かれた「逢坂越えぬ権中納言」のモデルにされるとは、考えにくいですね。藤原定家は『堤中納言物語』の編者であるけれども、物語に登場する権中納言は実在の人物ではない、と稲賀先生はおっしゃいます。

それでは、権中納言とは誰でしょうか。稲賀先生の説を続けますね。

中将という人物がやたらと出てきます。最初の一篇のタイトルは「花桜折る中将」ですが、これを、「花桜折る少将」としている本もあります。中将と書かれることもあれば、少将と書かれることもあるんです。写本をつくりつづけるなかで、誰かが写し間違えたのかもしれません。これも『堤中納言物語』の謎の一つですが、それはさておき。

中将は、律令制における官職です。官制には位があります。たとえば中将が頭中将《とうのちゅうじょう》に、頭中将が宰相中将《さいしょうのちゅうじょう》に、宰相中将が権中納言に、というふうに出世していく。ですから、物語に中将が出てきたときは、権中納言の若いときのお話なのだと考えることができるというわけです。そんなふうに読んでみるとたしかに、各章に登場する中将の性格は似ています。『堤中納言物語』を読み通すと、権中納言の一代記が浮かび上がってくる。この読み方も面白いと思います。

グズグズ系、ドンドン系

中将の性格が似ていると言いましたが、それだけではありません。登場人物の男たちをよく見ると、似通った系列が見えてきます。

「逢坂越えぬ権中納言」の中将は、薄い衣一枚で隔てられているだけなのに、姫宮にそっけなくされると手を出せない。グズグズと悩ましく、煮えきりません。

一方、「虫めづる姫君」の右馬佐《うまのすけ》は、アプローチするにも難しい一風変わった姫に興味を持って、すぐに歌なんか贈ってしまう。明るくて屈託がなくて、ドンドン押します。

どうやら男たちは、グズグズ系列とドンドン系列に分かれそうです。

その分け方でいくと、「花桜折る中将」「逢坂越えぬ権中納言」「はいずみ」の男はグズグズ系列、「虫めづる姫君」「はなだの女御《にょうご》」の男はドンドン系列ですね。

また、「逢坂越えぬ権中納言」を読むと、中将と人気を二分する、三位中将《さんみのちゅうじょう》という男が出てきます。おそらく右馬佐は、のちの三位中将だろうと、稲賀先生は書いています。

『堤中納言物語』は、グズグズ系列の中将の成長を真ん中に置いて語り、一方でドンドン系列の三位中将の成長を描く。そして「よしなしごと」のように全然違うタイプのお話も差し入れる。短篇集として緩急をつけ、読者を飽きさせないような工夫がなされているのです。こういった編集方針を藤原定家が考えてつくったのだ、という説を稲賀先生は立てられています。定家かどうかわかりませんが、なかなかの編集巧者だと思います。

作者も編者もこれという決定打がなさそうなので、我々も想像力を膨らませて読んでいける。そういう余白があるのが『堤中納言物語』の楽しいところです。

『源氏物語』の響き

『堤中納言物語』は、『源氏物語』の影響を受けた作品だと冒頭で言いました。『源氏物語』のパロディとも言えます。

「逢坂越えぬ権中納言」「思はぬ方に泊《とま》りする少将」に出てくる男は、『源氏物語』の「宇治十帖」に出てくる薫《かおる》の君によく似ています。薫の君は、好きなら好きとはっきりしなさいよ！　という気持ちにさせられる、グズグズ系列の先輩です。

「花桜折る中将」は、中将が女の子をさらい出すお話ですが、このストーリーは『源氏物語』で紫の上を自分のものにしてしまう光源氏を思い出させます。それだけなら単なるモデルであって、パロディにはなりませんね。すごいのが、「花桜折る中将」のオチです。さらってきた女の子は、実はなんと婆さんだった。『源氏物語』ではありえないオチをつけています。そうすることで、『堤中納言物語』は『源氏物語』に距離をとって、物語を面白がっています。

「逢坂越えぬ権中納言」にも『源氏物語』が響いています。「逢坂越えぬ権中納言」は独特の由来をもちます。『源氏物語』五十周年記念事業として、物語がうまいと評判の女御たちが集められ、物語合わせが開催されました。物語合わせとは、集まった人びとが物語に歌などを添えて出し合い、どの人のものが面白いかを勝負する遊びです。「あなた、大会に出て物語を披露しなさい」というお達しを受けて、「はい、出ます」と引き受けた女御たちが一堂に会して、日本一の物語を競いました。

この物語大会は禖子《ばいし》内親王が招聘《しょうへい》したものですが、スポンサーは藤原頼通《よりみち》でした。藤原道《みち》長《なが》の息子さんです。藤原道長が『源氏物語』のスポンサーだったのは有名な話ですけど、それから五十年後、父の偉業を超える新しい物語のブームをつくろうではないかと、頼通が思い立ったんですね。そこで最優秀作品に選ばれたのが、「逢坂越えぬ権中納言」でした。

この物語大会にはもう一つ、私の好きなエピソードがあります。『更級《さらしな》日記』の作者、菅《すが》原孝標女《わらのたかすえのむすめ》も文才を買われて声をかけられました。ところが菅原孝標女はウジウジした性格で、とにかく人前に出るのが大嫌いな人です。何度お達しを受けても、「そんな華やかな席は、私なんて……」と煮えきらず、とうとう出場しなかったそうです。『更級日記』を読むと、たしかにそういう人だな、と納得してしまいます。

一年前（二〇一六年）に早稲田大学で日本文学全集の刊行記念イベントがおこなわれたとき、『更級日記』を訳された江國香織《えくにかおり》さんとこの話になって、「そうよね、菅原孝標女って！」と笑い合いました。

原典への冒瀆、小説家の誠実

小説家が古典の現代語訳なんて、心臓がバクバクというか、そんな大それたことをやっちゃっていいのかなという思いがありました。学者さんよりも優れた現代語訳が私にできるわけでもないですからね。

だけど、私たちは日本語が読めますね。ということは、原文が読めるんです。注釈もついているし、古語辞典もあるんだから、日本語が読めるなら誰にでも原文が読める。

それをわざわざ小説家の私が現代語訳するわけですから、なんらかの決め事をつくろうと思いました。私が考えたのは、ずぼらな人向けの『堤中納言物語』です。注釈を読んだり、辞書を引いたりしなくても、本文だけで意味がとれるようにしようと考えたんです。

古典でも海外文学でも注釈がよくついていますが、私は注釈が苦手です。特に後ろのページに注釈がまとめられていると、ページを行ったり来たりして、読書が中断されてしまいます。それに、注釈自体が面白いかというと、そうでもないですよね。本文に登場したダジャレみたいなものが注釈で説明されていたりすると、なんだか虚《むな》しいような悲しいような気分になります。学者の先生方は、悲しい気分になろうが楽しい気分になろうが、きちんと注釈をつけて説明するのがお仕事です。注釈をすっ飛ばすなんて原典に対して冒瀆《ぼうとく》的なことは、私のような小説家にしかやれないことでしょう。私は思いきることにしました。

本文だけで意味がわかるようにするということは、注釈でおぎなうべき説明を本文に入れ込むわけですから、作品の文学性や文章の美しさは犠牲にされてしまいます。それが私のジレンマではありました。

たとえば和歌のように、それ自体が美しく結晶化されたものを現代語訳しようなんて、もともと無茶な話なんです。作品を知りたければ、原文をそのまま味わうのがいちばんに決まっています。だけどそれを現代語訳するという、矛盾とまでは言いませんが、原文をぶち壊す真似をやると決めたからには、自分のできることを精一杯しなくてはいけない。原文を壊して、原文と同じくらい美しいものを創造するだけの力は、私にはありません。ですから、私はとにかく、意味がとれる本文づくりを目指しました。

タイトル合わせ

［原文タイトル］
花桜折る中将

［現代語訳タイトル］
美少女をさらう

このついで　お香つながり
虫めづる姫君　虫好きのお姫様
ほどほどの懸想《けそう》　恋も身分次第
逢坂越えぬ権中納言　一線越えぬ権中納言
貝合《かいあわせ》　貝合
思はぬ方に泊《とま》りする少将　姉妹二人に少将二人
はなだの女御《にょうご》　花咲く乙女たちのかげに
はいずみ　墨かぶり姫
よしなしごと　たわごと

私は各短篇のタイトルを訳し直しました。

こんなところまで変えなくてもよかったんじゃないかと思う方もいらっしゃるかもしれません。けれども、原題のなかには、今では伝わりにくいものもあります。ですからタイトルについては、新訳タイトルと原題を並べました。そうすることで、たがいに注釈的な役割をはたしてもらったところがあります。順番に見ていきますね。

「花桜折る中将」です。「花桜折」、花を「手折る」とは、女をわがものにするという意味です。日本語の教養があればタイトルを見ただけで、ああ、中将はやってしまったか……とわかります。ただ、若い方を含めて今の読者に、「手折る」の意味がすんなり伝わるとも思えませんでした。ですから「美少女をさらう」と訳しました。

「このついで」なんて、全然わからないですよね。なんのついでなの？　「この」なの？「あの」なの？　はっきりしろ！　みたいな気がしますけれども。「このついで」の「この」は指示代名詞ではなくて、お香のことです。「香の継いで」、お香や香炉から連想してお話を継いでいく物語です。私は「お香つながり」としました。

「虫めづる姫君」は原題のままでもいいかなと思ったんですけど、せっかく他を現代語訳したのに、一つだけ古文が入っているのもどうかなと思い直して変えました。「虫好きのお姫様」です。

「ほどほどの懸想」も、意味がわかりませんよね。「ほどほどにしておけ」なんて言うときの、適度とかちょうどよい加減という意味だと思って、あまり燃え上がらなかった恋のお話なのかなという気がしてしまいます。ところが実際は、「ほどほど」とは分相応、身分が相応しているという意味です。ご主人はご主人どうし、家来は家来どうし、付き人は付き人どうしで恋をしているお話です。そのことに登場人物が葛藤している様子がないので、私としてはなんだかな……とも思いますが、「恋も身分次第」としました。この現代語訳は難しかったです。

「逢坂越えぬ権中納言」についても、「逢坂越えぬ」だけで意味がわかる人もいますから、わざわざ訳すものではないと思われそうです。百人一首にも「世に逢坂の関はゆるさじ」なんて出てきますね。逢坂とは、男女の一線、恋の関所のような意味です。これについては原題で、ずばり一線を越えられないことが示されています。私もそこを直接出したほうがいいかなと思って、「一線越えぬ権中納言」としました。

「貝合」は、まさに「貝合」なので、「貝合」のままです。

「思はぬ方に泊りする少将」、これも困りましたね。最初に浮かんだのは「思わぬ所に泊まる少将」でしたが、直訳すぎて味気ないかなと思って……。これは姉妹丼みたいなことで、男が二人姉妹の両方とも関係を持つ話です。いっそそれがわかるタイトルにしてみようと思って、「姉妹二人に少将二人」としました。

「はなだの女御」も困ってしまったんです。というのも、もともとこの短篇は別のタイトルがついていたのに、引き写しているうちに間違って「はなだの女御」になってしまったそうなんです。もとのタイトルは、「縹《はなだ》の女御」とも「花田の女御」とも「花々の女子《おんなご》」とも言われています。宮中にお仕えしている女御たちが、たがいを花に喩《たと》え合う話です。今となっては自分でも説明が苦しいんですけど、そろそろ私は遊びたくなったんですね。マルセル・

プルーストの『失われた時を求めて』に「花咲く乙女たちのかげに」という章があります。まさに花々に喩えられる少女たちのお話で、しかも陰からそれを見ている男の話でもあるんです。これは「はなだの女御」にぴったりです。ということで、プルーストを引用して「花咲く乙女たちのかげに」としました。

このあたりから、パロディっぽくしてもいいのでは、という考えに後押しされて、「はいずみ」と見てすぐに浮かんだのが「灰かぶり姫」でした。「シンデレラ」の原題ですね。それでとりあえず「灰かぶり姫」とメモしておいたのですが、よくよく読んでみたら、「はいずみ」なのに灰の話ではない。びっくりです。「はいずみ」は眉を染めるための眉墨のことで、「掃墨」と書きます。掃墨をべたべた塗りたくった顔で出てきて、ぎょっとされる女の人が登場します。「灰墨」じゃなくて「掃墨」。ですから「灰かぶり姫」じゃなくて「墨かぶり姫」にしました。

次は「よしなしごと」ですが、これは聞いた途端に『徒然草《つれづれぐさ》』の冒頭を思い出す方がいらっしゃると思います。

「つれづれなるままに、日暮らし、硯《すずり》にむかひて、心にうつりゆくよしなしごとを、そこはかとなく書きつくれば、あやしうこそものぐるほしけれ」。つまらないこと、とりとめもないこと、どうでもよさそうなこと、という意味ですね。原題のままでもよかったかもしれませんが、もっと今の言葉らしく、「たわごと」としました。

こうして皆さんにお話ししながら思ったんですけど、今、この現代語訳をゲラで渡されたら、直してしまうかもしれません。ですから最終決定版という感じではないですね。けれども、意図とポリシーはあります。初めてこの短篇集を読む人、なかでも原文だったら絶対に手に取っていなかったという人に読んでもらうことを考えて、今伝わるタイトルをつけました。

五七五七七を五七五七七で訳す

注釈をつけない。それが私のポリシーでしたが、いちばん苦労したのが歌の訳かもしれません。

現代人にとって、古語で書かれた歌を味わうことは難しいです。意味がとれないと、まったく面白くないということだって起こりうる。意味がとれたとしても、きっと面白いんだろうな、というくらいの感じです。

面白いんだろうな、ということはわかるけど、面白い、までいけない。これが古典を読むときの残念な部分だと思うんです。このジレンマをなんとかできないものかと考えました。

ここでも私は、学者の先生方にはできないこと、してはいけないことをやることにしました。小説家が古典を前にできることと言ったら、馬鹿な真似をすることとくらいです。

それは、歌を字数どおりに訳すということです。原文の五七五七七の三十一字にたいして、三十一字の現代語訳をつくりました。これはさすがに、蛮勇を奮ってみたという感じです。

「はなだの女御」の一節です。美しい女たちがたくさんいるところに、男が一人、庭から覗《のぞ》いている。そんなシチュエーションの物語に、歌が入ります。

世の中の憂《う》きを知らぬと思ひしにはびにものはなげかしきかな

(『落窪物語・堤中納言物語』三谷栄一・三谷邦明・稲賀敬二校注・訳、新編日本古典文学全集17　小学館)

なんとなくきれいな感じというか、歌っぽい感じがしますけど、注釈を見るとこんなことが書いてあります。

上の句は好き者たるの自持《じじ》の気持。

(※以下原文注釈同右)

「好き者たるの自恃の気持」ってなんでしょう。私はこの注釈に注釈を入れたくなります。「好き者」は、今はあまり使わない言葉です。まして「自恃の気持」なんてわからない。さて困った。

現代語訳を見てみると、こう書いてあります。

（世の憂さつらさを私はかつて経験したこともないと思っていたのに、庭の灯籠《とうろう》の火影の女性たちを見て物思いがまさることだ）――これは男のつぶやき。

（同右）

……ふぅん。なんとなくわかるけど、よくわからない気もします。上の句と下の句がどうつながるのか、ピンとこないですよね。

庭の灯籠の火影に揺れる女たちを見て、切なく焦がれる気持ちにとらわれた。こんな気持ちはこれまで経験したことがなかった。そう言っているのはわかりました。でも、この歌のどこに「好き者たるの自恃の気持」があらわれているんでしょう。昔の人はこれでわかったのかな。私はどうしても引っかかってしまいました。

そこで私は、「好き者たるの自恃の気持」を訳して歌のなかに入れてみました。

恋ならば負けを知らない俺なのに庭火の女に心乱れる

（「堤中納言物語」中島京子訳『池澤夏樹＝個人編集　日本文学全集03』※以下、中島訳）

俺はモテモテのプレイボーイさ。女と言えば俺になびかないやつはいないのだから、俺は恋わずらいなんてしたことがない。だけど今、あの女たちを見ていると、初めて心が乱されているよ。

要するに、俺モテるから！　今まで女に心乱されたことなんてなかったし！　ということを言っているんですね。はい、これが「好き者たるの自侍の気持」でした。これを私は上の句に入れてみました。

突然歌い出す女たち

歌を三十一文字で訳そうと考えたのは、『堤中納言物語』を現代語訳するにあたって、歌が日常に浸透していることに気づいたからです。

古典において歌というと、恋の歌のやりとりをイメージしていました。でも実際は、もっと日常的な場面でも、歌のリズムでつぶやいているんです。惚《ほ》れ惚《ぼ》れと聞かせる歌もあれば、さりげない事柄を歌にしたものもある。もしかしたら日常的に、ちょっと心にとまったものを三十一文字にする習慣があったのかもしれません。

物語はもともと、読ませるものというより、聞かせるものでした。ですから、人に聞かせるなかで、リズミカルな言葉を意図的に入れていったということもあると思います。

ミュージカルなんかを見ていると、突然人が歌い出して、おかしいなと思うことがありませんか。恋愛のシーンではカップルが愛を讃《たた》え合うようにして歌い踊りますが、たとえば工場で働いているシーンや、大きな道路を歩くシーンなどでは、群舞みたいに皆が歌い踊っていますよね。『堤中納言物語』もそんな感じです。ちなみに、オペラの指揮をやっている友人に聞いたんですけど、労働の歌は伝統的にミュージカルに入れるそうです。

最近私は第二回イスラーム映画祭で、レバノン・フランス・エジプト・イタリアの合作映画『私たちはどこに行くの?』を観ました。ムスリムとクリスチャンが半々ずつ暮らしている小さな村の話なんですが、そのなかでも、女の人たちが料理しながら、突然歌い出した。男たちは放っておくと、すぐに殴り合いを始める！　だから美味《おい》しい物でも食べさせて、寝かせておこう！　そんなことを歌いながら、睡眠薬を混ぜたクッキーをつくっている。生地を叩《たた》いたりのばしたりする動きがダンスになっていて、すごく面白かったです。それを見ていて、私は「虫めづる姫君」の女御たちを思い出しました。

「虫めづる姫君」は変わった話ですね。眉も剃《そ》らずに虫ばかり愛しているお姫様というのがまず面白いですけど、女御たちが五七五七七のリズムに合わせて姫への不平を言い始めます。最初に出てくる歌がこうです。


いかでわれとかむかたなくいてしがな烏毛虫《かはむし》ながら見るわざはせじ　（原文）

――どうしたら姫を説得できるのか　毛虫は二度と見るのも嫌よ　（中島訳）

私が訳した歌は五七五七七のリズムになっているというだけで、歌らしい歌とは言えないと思います。でも元の歌も恋愛を歌い上げるようなものでなく、ごく日常的な気持ちの歌なので、気分が出ているのではないでしょうか。

ここで私が大切にしたかったのは、ミュージカルのように女たちが歌い出すリズムです。女たちのリズムを楽しめるようにしたかった。昔の人は、きっと楽しかったと思うんです。

いや、現代の私たちも、文章のリズムを楽しみながら読書をしますね。せっかくなら昔の人と同じように、定型詩のリズムを楽しむ幸福を味わいたいと考えました。

歌はリズムだけでなく、いくつかの意味が重ねられていたり、古典が引用されていたり、そういう面白さもあります。それを全部詰め込んだ現代語訳ができればいいんですけど、そんなことは私にはできないんです。

ならばせめてと、五七五七七を生かした現代語訳をつくりました。いっしょに原文を楽しんでいただくべきだと思ったので、タイトルと同じように、歌の部分も原文と現代語訳を並べて書きました。

冬くれば衣たのもし寒くとも烏毛虫《かはむし》多く見ゆるあたりは　（原文）

――冬になりゃ暖かいわよ毛がいっぱい　見てよこの部屋毛虫がいっぱい　（中島訳）

冬が来たとしても、こんなに毛虫がいっぱいいる部屋じゃ暖かいわよね。――虫好きのお姫様への厭味《いやみ》を女御が言っています。厭味も歌のかたちにすれば楽しく語れる。昔の女たちもそんな暮らしをしていたのかなと想像して、なんとも可笑しい場面です。

ミュージカル「虫めづる姫君」

「虫めづる姫君」はファンの多い作品ですが、私が面白いと思ったのは、お姫様の口調です。お姫様はある宣言をして、虫の観察を始めます。

そして、見るもおそろしげな虫をあれこれ集めて、「これが、成長する状態を観察します」

（中島訳）

この原文がどうなっているかというと、

よろづの虫の、恐ろしげなるを取り集めて、「これが、成らむさまを見む」

（原文）

見む！　ものすごい勢いで文章が締めくくられます。「見ましょうよ」とか「見たら楽しいわね」とか、そういう柔らかさは欠片《かけら》もない。実にきっぱりとした口調です。これがすごく可笑しいんです。

虫好きのお姫様は、どこをとってもきっぱりしています。私が好きなのは、虫好きのお姫様がお歯黒をつけないところです。

「人間、表面をとりつくろっちゃ、だめ」という信条で、眉毛などもいっこうに抜かない。お歯黒も、「めんどくさい。それに汚い」（略）

（中島訳）

めんどくさい！　それに汚い！　これ、私の勝手な現代語訳ではないんですよ。原文を見てみましょう。

「人はすべて、つくろふところあるはわろし」とて、眉《まゆ》さらに抜きたまはず。歯黒《はぐろ》め、「さらにうるさし、きたなし」（略）

（原文）

うるさし！　きたなし！　ほらね。ずいぶんきっぱり言ったものです。今の私たちから見ると、たしかにお歯黒って汚いといえば汚いというか、見目麗しくないですよね。虫好きのお姫様の特徴は、こういった正直な言葉遣いにあらわれていると思います。

もし私に才能があったら、「虫めづる姫君」をミュージカルにしたいです。男が蛇の形をしたものを女たちに差し出す場面があります。きゃあ！　と女御たちが逃げ出すと、何事だ！　とお姫様のお父さんが刀を持って走ってくる。よく見ると、なんだ、オモチャじゃないか！　と一同がっくり。まるでコントみたいですよね。さらにこのお父さんが、お前が早く返事をしないからこんなことになるんだ、さっさと返歌を書いて渡しなさい、とお姫様を叱ったりするんです。こういう笑いのコントラストが演劇的で、ミュージカルにぴったりです。

現代人としては、自然を大切にするお姫様の姿勢から学べるところがあるかもしれません。ただ私としては、お勉強よりも、物語ることの純粋な面白さ、歌のリズム、人物設定の明確さ、そういったものが詰め込まれていることを楽しんでいただきたいですね。

文体アソートメント

『堤中納言物語』は一篇ずつ作者が違います。でも編者はいるわけだから、その人がある程度、文体の統一を試みたのかなと思って読んでみると、あまりそんな感じがしません。文体が短篇ごとに違うというのも、『堤中納言物語』の面白いところです。

訳者によっては、古典をいったん自分のなかに入れて咀嚼して、自分の文体で出そうと考える方もいらっしゃると思います。私はタイプとしてそうではありません。作者はどういう感じでこれを書いたかなと想像して、作者の文体に寄り添うことを考えました。

たとえば、「よしなしごと」は『堤中納言物語』のなかでも特異な文体で書かれています。これは他の作品にくらべて、書かれた時代がずっと後じゃないかと言われています。宮中のことを書いたものはだいたい、『源氏物語』のように雅《みやび》というか、うにゃうにゃした文体ですが、「よしなしごと」はそれとも違います。すごく不思議な文体で、それを活《い》かして伝えたいと私は思いました。

「ほどほどの懸想」は、描写がとても生き生きしています。賀茂神社のお祭りの日が近づくと、いろんなものが華やいできます。思い思いの着物をまとった女の子たちが、得意気に小路を歩いていく。そういう風景描写から始まる物語です。

一方、「虫めづる姫君」は古典的な、「昔々あるところに」といった感じの始まり方をしますね。

それぞれに書き方が変えられていて、一つ一つの短篇が粒だっています。短篇集のお手本のようです。

短篇集って、美味しいものばかり集めたクッキー缶みたいですよね。チョコレート味があればクリーム味もアーモンド味も、食感だってカリカリしていたりシットリしていたり、いろんな味わいが詰め込まれています。その違いを感じてほしくて、原文の文体を訳出してみました。

末尾断簡の謎

『堤中納言物語』には、短篇十篇の後に、〈末尾断簡〉という断章が入っています。これが謎です。編者が何か考えて入れたのでしょうが、どうしてこんなものが入ったのか、わかりません。でもこのわからなさも、短篇集全体としての味わいになっています。私はこの〈末尾断簡〉がけっこう好きなんです。

なぜ好きかというと、〔末尾断簡〕は、「逢坂越えぬ権中納言」をはじめとするグズグズ系列の男のつぶやきなんです。くわえて、短篇よりも仮名が多いので、見ていて柔らかい感じがします。グズグズ系列に仮名の柔らかさが相まって、妙な味わいを最後に残します。この感じが伝わるといいなと思って訳しました。これを紹介して私のお話を終わりたいと思います。

〔末尾断簡〕（原文）

冬ごもる空のけしきに、しぐるるたびにかき曇る袖《そで》の晴れまは、秋よりことに乾くまなきに、むら雲はれ行く月の、ことに光さやけきは、木の葉がくれだになければにや。なほはしのばれぬなるべし、あくがれ出《い》でたまひて、あるまじきことと思ひかへせば、ほかざまにと思ひ立たせたまふが、なほえひき過ぎぬなるべし。いと忍びやかに入りて、あまた人のけはひするかたに、うちとけ居たらむけしきもゆかしく、さりとも、みづからのありさまばかりこそあらめ、なにばかりのもてなしにもあらじを、おほかたのけはひにつけても。

冬ごもりの空の色、しぐれ降るたび、かき曇り、なみだに濡れる袖は、晴れまなく、秋よりこちらは乾くまもない。むら雲が晴れて顔を出す月も、いちだんと光さやけく見えるのは、冬枯れの木に葉すらないので、隠れることもできないからだろうか。

月明かりを見てはしのんでもいられず、さまよい出たものの、あのひとを訪ねるなどあるまじきことと思い返す。ほかのひとのもとへゆこうと心に決めるのだが、それでもあのひとの家の前をゆき過ぎることはできないようだ。たいそうしのびやかに入っていって、あまたの女房たちのけはいのするほうへゆき、くつろいでいる姿も見てみたい。ただ、あのひとの様子は見るかいもあろうけれど、なにほどのもてなしがあろうわけでもなし、あたりのけはいにしたところで……

（中島訳）

質疑応答

【質問1】今日は逆に私から質問してもいいですか。皆さんはきっと『堤中納言物語』を読まれてきたんですよね。皆さんはどのお話がいちばん好きでしたか。タイトルを読み上げていくので、好きな作品に手を挙げてください。

「花桜折る中将」——数人ですね。

「このついで」——これも数人。

「虫めづる姫君」——何?!　圧倒的多数!

「ほどほどの懸想」——ううん、二人。

「逢坂越えぬ権中納言」——ええっ、少ない。一〇五五年に大賞をとった作品なのに!

「貝合」——これも数人。いいですよね。色恋じゃないところがなんともいいですよね。

「思はぬ方に泊りする少将」——少数派ですね。とんでもない話ですよね。結論も出さずに、それぞれどっちも好きですよね、みたいな終わり方で。

「はなだの女御」――これも少数派。好き者の男がいて、女御たちは皆、彼と関係をもっているのに、皆の手前、名乗り出られない。男のほうは、誰か一人くらい名乗り出てくれないかなと思っているんだけど、女たちは、言えるわけないじゃん、私一人が恋人だっていうならまだしも……みたいなことをブツブツ思っている。そこが可笑しいですよね。

「はいずみ」――もっと少数派だ。顔がべちゃべちゃになる最後もいいですけど、最初の古女房との駆け引きがいいですよね。奥さんは内心、この野郎！ って思ってるのに、私はこれまで幸せすぎたんですわ、なんて言いながら去っていく。そんなふうに引かれると、男のほうはかえって気になるというね。

「よしなしごと」――ああ、人気がない！ 私は好きですけどね。これは編者が書いたのではないかという説もあります。身分の高い僧侶によろめいている年若い女に、女の師にあたる別の僧侶が送った手紙です。どことなくとぼけた感じもあるし、さんざん笑わせておいて、最後にさりげなく心配していることを伝える。作者はなかなか粋なお爺《じい》さんという気がしました。


【質問2】「虫好きのお姫様」は、「……と、笑って帰って行ってしまったという。続きは二の巻で」と終わっています。解説を読んでいたら二の巻は存在しないということなんですけど、とても思わせぶりです。作者は最初から二の巻を書く気がなかったのでしょうか。

私も最初に読んだときは、二の巻はあったけど見つからないのだと、素直に思いました。でも、面白い仕掛けとして意図的に書いたと考える人のほうが多いようですね。本当にそうなんでしょうかね。二の巻、あるかもしれないですよね。

だって面白そうですもの。私も続きを書けそうです。この後、右馬佐はどんな行動をとるのか。この段では虫めづる姫君はまだお嬢さんだけど、やがて彼女も成長して、いつ恋愛をするときがやってくるのやら。想像するだけでも楽しいです。

グズグズ系列とドンドン系列で言えば、「虫めづる姫君」はドンドン系列の右馬佐が若いときの話で、なんのかんの言ってこの二人は結婚する。最初は面白がっていたけど、でもとにかく姫君が変人なので、さすがにちょっと……という気持ちにとらわれた右馬佐が浮気者になる。つまり同じドンドン系列の、「ほどほどの懸想」「はなだの女御」「思はぬ方に泊りする少将」の一人になっていく。そういう読み方もあるそうです。

想像力を膨らませていろんな読み方ができる短篇集ですね。

枕草子

清少納言は「あるある」のパイオニア

酒井順子

［枕草子］

平安時代中期の長保《ちょうほう》三（一〇〇一）年頃に成立したとされる最古の随筆。日本三大随筆の一つでもある。清少納言作。一条天皇の中宮定子に仕えた宮中での生活を英知とユーモアの筆致で綴った。「春はあけぼの」の第一段から始まり、全三〇〇あまりの章段で成る。内容によって類聚的《るいじゅうてき》章段、日記的章段、随想的章段と称されている。「源氏物語」と並ぶ平安女流文学の傑作と言われている。

リア充自慢の女友達

『枕草子《まくらのそうし》』は、意外に長い作品です。日本文学全集のなかですと、いちばん長いのが『源氏物語』、二番目が『平家物語』、三番目に長いのが『枕草子』。現代語訳に着手したのは三年前でしたが、一気に訳すのは難しいので、連載方式にしていただきました。毎月決められた分を書いて、編集担当の東條さんにお渡しする。そのような流れで仕上げていきました。『枕草子』は私にとって思い入れの強い作品ですので、訳し終えて今、ちょっと寂しい気持ちがあります。

——酒井さんと言えば『枕草子』、『枕草子』と言えば酒井さんです。二〇〇四年に『枕草子REMIX』を出されていますね。酒井さんは『枕草子』のどんなところに惹《ひ》かれますか。

古典の名作ですから、中学か高校の時代に習ったとは思うのですが、そのときの記憶はまったくないんです。記憶にあるのは後年、橋本治《はしもとおさむ》さんの『桃尻語訳　枕草子』を手にしたときのこと。こんな作品があるんだと驚きつつも、桃尻語訳は逐語訳で、原文に忠実に訳してありますので、意外にするするとは入ってきませんでした。

それからまた時がたち、エッセイストとして長い時間を過ごして、三十代の終わりにさしかかった頃です。ふと、『枕草子』を原文で読んだことがないのはいかがなものかと思いまして、あらためて読んでみたんです。『枕草子』はエッセイストの大先輩が書いた大作ですからね。

少しずつ読み進めたのですが、こんなに面白いものだったのかと、目がさめるような気持ちに。これを書いた人は、私と気が合うに違いない。そう強く思いました。そこから、『枕草子』を題材に本を書いてみたいという気持ちが強くなっていきました。

——清少納言《せいしょうなごん》のどんなところと気が合うと思いましたか。

まず、端々に出てくる自慢しいなところです。言ってみれば、『枕草子』はリア充自慢の作品なんです。

井上ひさしさんがかつて、〝全てのエッセイは自慢話である〟とお書きになっていました。自慢せずにいられないことを、いかに自慢っぽくなく書くかがエッセイの一つのあり方だと思いますが、清少納言はストレートに自慢欲求を放出している。すでにそんな自慢欲求を隠すことがうまくなってしまった私ですが、自分はこんな体験をしたのだと誰かに知らせたい、皆にアピールしたいという気持ちが、とてもよくわかります。

ものの見方にも、共感する部分が多いですね。自慢好きであると同時に自虐も好きなのが清少納言で、自分を落としながら客観的にものごとを捉える視点が。

『枕草子』にハマって、清少納言は私だけの親友みたいなつもりでいたんですけれども、白《しら》洲《す》正子《まさこ》さんも清少納言のことを「親友」と書いていらっしゃいました。自慢欲求をもからっと解放できる清少納言は、多くの女性にとって、友達にしてみたいと思わせる女性なのだと思います。

もう一つ、清少納言と縁があると思ったことがありました。平安時代の女性の常として、清少納言も生まれた年や死んだ年がわかっていませんが、一説として彼女は九六六年生まれと言われています。私は一九六六年生まれでして、ちょうど千歳違いなんです。これはご縁だと思いました。

サロンのムードメーカー

清少納言は、清原元輔《きよはらのもとすけ》という歌人の末娘として生まれました。清原元輔はそれほど出世しませんでしたが、歌人としてはとても有名で、また教養深い人でありました。末娘の清少納言には、愛情をもって高い教育をほどこしたことと思います。

大人になった清少納言は、橘 則光《たちばなののりみつ》という男性と結婚して子どもを生み、その後、離婚。今のように離婚届を出すといった手続きはありませんが、実質的に別離しています。

その後、一条《いちじょう》天皇の中宮であった定子《ていし》の女房として出仕します。この頃から、清少納言は『枕草子』を書き始めたようです。当時、高貴な女性たちは、まわりに才能のある女房を集めて、サロンのようなものをつくっていました。そのサロンどうしがライバル関係にもあったのですが、清少納言は定子サロンの文芸担当エースだったのだと思います。『枕草子』を読むと、清少納言は教養深いだけではなく、機転が利いて、明るくて、男性からも女性からも人気のあったことがわかります。きっと定子サロン全体を盛り上げる、ムードメーカーの役割も担っていたことでしょう。

『枕草子』を読むにあたって、清少納言が定子にお仕えしていたということは、理解しておきたい背景の一つです。もう一つ押さえておきたいのは、定子が巻き込まれた政局の変化です。定子は、天皇に次ぐ国の最高幹部であった藤原道隆《ふじわらのみちたか》の娘として生まれ、一条天皇の中宮として入内《じゅだい》しました。道隆が病気で亡くなってしまうと、道隆家は勢いを失って、定子は後ろ盾をなくしてしまいます。そのときに権力の座を狙ったのが道隆の弟、道長《みちなが》です。道長は中宮である定子をさしおいて、まだ幼い娘の彰子《しょうし》を、無理やり一条天皇の后にしました。そしてそれによって、彰子が中宮に、定子は皇后となります。中宮と皇后が両方いるというのは異例のことで、ここに道長のゴリ押しが見てとれますね。定子は一条天皇から愛されていましたけれども、不遇の身となり、出産のときに命を落としてしまいます。こうした道隆一族の悲劇が『枕草子』のバックボーンにあるということを知って読んでいただくと、味わいもひとしおです。

「あるあるネタ」のパイオニア

――今日は酒井さんに三つ、『枕草子』の好きな段を選んでもらいました。まず、二九段を挙げられましたね。

〔二九〕こころときめきするもの　雀《すずめ》の子飼《がひ》。ちごあそばする所のまへわたる。よきたき物たきてひとりふしたる。唐鏡《からかがみ》のすこしくらき見たる。よき男の車とどめて案内《あない》し問《と》はせたる。
かしらあらひ化粧《けさう》じて、かうばしうしみたるきぬなどきたる。ことに見る人なき所にても、心のうちはなほいとをかし。待つ人などのある夜、雨のおと、風の吹きゆるがすも、ふとおどろかる。

（『枕草子』池田亀鑑校訂　岩波文庫　※以下原文同）

二九

胸がときめくもの。
雀《すずめ》の雛《ひな》を飼う。
赤ん坊が遊んでいる前を、通るの。
上等のお香を薫《た》いて、一人で伏している時。
少し曇った唐《から》の鏡を見るの。
素敵な男性が家の前に車を停《と》めて、取り次ぎを頼み、何かを尋ねさせている様子。
髪を洗って化粧をし、よくお香を薫きしめた着物などを着るの。特に見る人がいない所であっても、やはり心の中は、格別に満ち足りるものです。
待つ人などのある夜。雨の音、風が吹きゆるがす音にも、ふと心驚かされます。
（『枕草子』酒井順子訳『池澤夏樹＝個人編集　日本文学全集07』※以下、酒井訳）

「ものづくし」と呼ばれる章段の一つで、教科書的には類聚的《るいじゅうてき》章段と説明されています。「うつくしきもの」「にくきもの」などテーマを設けて、あてはまるものが並べられているという、今で言う「あるあるネタ」ですね。読んでいくうちに、わかるわかる！　という気分が高まっていくので、今の私たちも共感することができると思います。

「こころときめきするもの」を「胸がときめくもの」と私は訳しました。「上等のお香を薫《た》いて、一人で伏している時」とか、「髪を洗って化粧をし、よくお香を薫きしめた着物などを着るの。特に見る人がいない所であっても、やはり心の中は、格別に満ち足りるもの」というのは、女性なら深くうなずく部分。こういうところを読むと、清少納言と友達になれそう、という気持ちが増していくのではないでしょうか。

類聚的なものの書き方は、中国から伝わったようです。清少納言はその漢文の文献をベースにしたと思われますが、日本でこの手法をとってみようと考えたのは清少納言が初めてでしょう。清少納言は「あるある」のパイオニアなんですね。

『徒然草《つれづれぐさ》』にも、どことなく『枕草子』に共通する雰囲気があります。実際に『徒然草』には、兼好法師《けんこうほうし》が『枕草子』を読んでいたことが書かれていますから、やはり影響が強いのでしょう。

ただ兼好法師は鎌倉時代から南北朝時代にかけての人ですから、あの時代に特徴的な無常感も強いですし、やはり男性的なものの見方。「あるある」の軽みは、『枕草子』独特のものかと思います。

自虐オチというテクニック

――酒井さんが選んだ二つ目の章段は、三三段です。

〔三三〕説経の講師《かうじ》は顔《かほ》よき。講師《かうじ》の顔《かほ》をつとまもらへたるこそ、その説《と》くことのたふとさもおぼゆれ。ひが目《め》しつればふとわするるに、にくげなるは罪《つみ》や得《う》らんとおぼゆ。このことはとどむべし。すこし年《とし》などのよろしきほどは、かやうの罪《つみ》えがたのことはかき出でけめ、今は罪《つみ》いとおそろし。

また、たふときこと、道心《だうしん》おほかりとて、説経すといふ所ごとに最初《さいそ》にいきゐるこそ、

なほこの罪の心には、いとさしもあらでと見ゆれ。(略)

(原文)

三三

説経の講師《こうじ》は、顔が良くなくては。講師の顔をじっと見つめるからこそ、説くことの尊さも感じられようというものです。よそ見をしてしまうからつい内容を忘れてしまうわけで、不細工の講師には仏罪が当たりそう。でも、この話はやめておきましょう。もう少し若い頃なら、こんな罰当たりなこともどんどん書いただろうけれど、今ではそれこそ仏罰が恐ろしいから。

また、「尊いことだ」とか「私は信心深いもので」などと言って、説経がある所には必ず真っ先に行って座っているような人というのは、私のような罰当たりな者からすると「そこまでしなくても」と思えるのです。(略)

(酒井訳)

清少納言はイケメン好きとして有名ですね。それがはっきりわかる章段です。

「説経の講師《かうじ》は顔《かほ》よき」、潔い書き方ですよね。お経について説くお坊さんは、顔が良くなくてはだめ。不細工なお坊さんだったらよそ見をしてしまって、つい説経の内容を忘れてしまいそうである。だから不細工な講師には仏罰が当たりそうだ、と言っています。普通だったら、よそ見をする自分のほうが悪いんじゃないか、と思うところですけれども、清少納言は不細工なお坊さんのほうに仏罰が当たるだろうと言うわけです。この辺の正直さが好きですね。

でも直後に、「この話はやめておきましょう」とも言っています。自分がもっと若かったらこのような罰当たりなこともどんどん書いたけど、今では仏罰が恐ろしくなっている、と。この自分でオチをつける感じが、彼女独特のユーモアのセンス。短い文章の中にも、きっちりとオチをつけて、締める。清少納言が高度なエッセイのテクニックを持った人だということがわかります。

読者を意識した客観性

――三つ目に挙げられたのが、一三〇段です。

〔一三〇〕九月ばかり、夜一夜《よ》降《ふ》りあかしつる雨の、今朝《けさ》はやみて、朝日いとけざやかにさし出でたるに、前栽《せんざい》の露こぼるばかりぬれかかりたるも、いとをかし。透垣《すいがい》の羅文《らもん》、軒《のき》の上《うへ》に、かいたる蜘蛛《くも》の巣《す》のこぼれ残《のこ》りたるに、雨のかかりたるが、白《しろ》き玉をつらぬきたるやうなるこそ、いみじうあはれにをかしけれ。

すこし日たけぬれば、萩などのいとおもげなるに、露の落《お》つるに枝《えだ》のうち動《うご》きて、人も手ふれぬに、ふとかみざまへあがりたるも、いみじうをかし、といひたることどもの、人の心にはつゆをかしからじとおもふこそ、またをかしけれ。

（原文）

一三〇

九月の頃、一晩中降り続いた雨が朝になって止《や》んで、朝日が鮮やかにきらめいて差しこんできた時、庭の草木がこぼれるほどに露を湛《たた》えているのが、とても素敵。透垣《すいがい》の模様や軒の上に張り巡らせてあった蜘蛛《くも》の巣が切れ残ったところに雨がかかり、白い玉を貫いているかのようになっているのが、本当に繊細で美しいのです。

少し日が高くなれば、雨に濡《ぬ》れてたっぷり重くなった萩《はぎ》などの枝が、露が落ちるとともに動いて、人が触れてもいないのにふと上にはね上がるのも、とても面白い。……なんていう私のこのような言葉が、他人にとっては露ほども面白くないのでしょうね、と

思うのがまた面白くって。（酒井訳）

随想的章段と呼ばれる段です。雨夜が明けた九月の朝に、蜘蛛《くも》の巣に雨粒がきらきらと光って素敵だ。少し日が高くなると、雨に濡《ぬ》れた萩《はぎ》の先端から露が落ち、すると葉が揺れ動いて面白い。……これだけで終わると、自然を美しく描写するだけの章段になりますが、最後の文章が決め手。

「……なんていう私のこのような言葉が、他人にとっては露ほども面白くないのでしょうね、と思うのがまた面白くって」というふうに書いています。この最後の一文によって、作者の視点が読者に意識させられるわけですね。萩を見ている自分、さらにはそんな自分が端からはどう見えるか……と、視線のズームが自在に変化していく。このように自分を一歩離れたところから見る客観性も、エッセイを書く人の姿勢だと思います。

これは物語を書く人の視点とは違うところだと思うんです。書く対象のなかにずぶずぶと入り込んでいくのではなくて、書く対象から一歩か二歩、引いたところから書いていく。清少納言は、ものを見る距離の取り方がとても上手な人だと思います。

読者を意識すると、必ず必要になってくるのが客観性です。自分自身のことにも、見ている事物にも、入り込みすぎない。萩の葉っぱがどれほどきれいだったかということを、どうやったら他人が面白く読むか。それを考えたとき、最後の一文が出てくるのではないでしょうか。

エッセイによる最初の一滴

――よく言われることに、『枕草子』はリアルタイムに書かれてはいないという特徴があります。

そうですね。『枕草子』がいつ書かれたか、正確にはわかっていませんけれども、清少納言はかなり前のことを思い出しながら書いていますね。清少納言の父である清原元輔は受領《ずりょう》、つまり地方長官でしたから、彼女は若い頃にお父さんの任地に行ったりもしているのでしょう。当時、貴族階級の娘が京都から出るというのはあまりなかったことですから、外の世界を見た経験も『枕草子』に活《い》かされていると思います。

最初の段から最後の段まで時系列で書いたとは思われませんが、歯ごたえの違いが随所に感じられます。教科書的には三つ（類聚的章段、随想的章段、日記的章段）に分けられていますが、類聚的章段の後に長い随想があったり、日記的章段に随想のタッチがあったり、感触もカリッとしたりフニャッとしたりと、飽きさせない工夫があちこちにある。

清少納言の父親は歌人として名高かったわけですが、彼女は父の名を汚すのが嫌で、歌はあまり詠まなかった。そして何より、和歌に収まりきらない心情というものを、彼女はこのスタイルで表現したかったのではないでしょうか。『枕草子』からは、形にとらわれず自由に書く喜びを感じます。それはもう、長年エッセイを書き続けている私からは失われてしまった新鮮な喜び（笑）。

『枕草子』は清少納言にとって最初で最後の作品とも言えるわけですけど、特にエッセイの〝ファーストドリップ〟には、作者の実際の姿が色濃く出るものです。『枕草子』は清少納言の人間性がそのまま表れているからこそ、千年の時を隔てた読者にも「この人、好き」という感覚を与えるのでしょうね。

——現代語訳の文体はどのように決めていきましたか。

まず最初に考えたのは、語尾をどうするかでした。私は普段、自分のエッセイは「ですます」調で書いているのですが、翻訳にあたって、「ですます」調にするのか、「である」調にするのか、あらためて悩みました。

『枕草子』は清少納言が自分のことを正直に書いた随筆で、それはある種の女性らしさからくる正直さだと思うんです。ですから、あまり硬くない語調がいいと考えて、「ですます」調にしてみました。

二つ目は、『枕草子』を書いたとき、清少納言はおそらく二十代後半です。当時の年齢的な感覚でいくと、今の二十七、八歳よりももっと成熟した意識が働いていたのではないかと思うんですね。そう考えると若々しく溌剌《はつらつ》と、というよりも、ちょっと落ちついた感じで訳そうと思いました。

――現代語訳の文体がすごく自然で、酒井さんのエッセイを読んでいる感じがします。

私自身、中学や高校の時代には古文が嫌いで成績も悪かったので、なるべくすらすら読んでいただきたいという気持ちがありました。古典と言うと、真面目なことが書いてあるものだと思われがちですが、古典は単に古い文章という意味。内容は必ずしも硬いとは限りませんし、今の私たちに通じる内容もたくさんあります。ですから、古典に対して親しみを持っていただきたいという気持ちが強かったですね。

細かい部分では、主語を補ったり、敬語をほとんど省略したりすることによって、なるべく読みやすくしています。

着る物や用具など、物質的な面をとると、平安時代と現代とは大いに違います。けれども人間の感情というのは、なかなか進化しないというか変化しないというか、千年たっても同じことを思うもの。だからこそ私は清少納言と友達になりたいと思ったわけですけれども、清少納言は千年前の人。つまり、私が何かを思ったり書いたりしても、それは違うわよ、と言ってくることはありません。なまじ言葉を喋《しゃべ》らない相手ですから、こちらの好きなだけ親しくなることができるのでしょう。

夜という世界

——現代語訳をするなかで、『枕草子』のなかに好きな言葉はありましたか。

「夜まさり」という言葉があります。昼よりも夜のほうが美しく見える、という意味なのですが、素敵な言葉だと思います。そして、この感覚はもう、今の世の中では成立しません。

最後の三一八段の後に「一本」という章段が続いていて、その一編目が「夜まさりするもの」という「ものづくし」です。

〔一〕夜まさりするもの　濃《こ》き搔練《かいねり》のつや。むしりたる綿《わた》。
女は額《ひたひ》はれたるが髪《かみ》うるはしき。琴《きん》の声《こゑ》。かたちわろき人のけはひよき。ほととぎす。
瀧《たき》の音《おと》。

（原文）

一

夜に映えるもの。
濃い紅《くれない》の搔練《かいねり》の艶。ふわふわにむしった綿。
女は、額は出ていても、髪のきれいな人。琴《きん》の音。容姿は良くなくても、気配の良い人。ほととぎす。滝の音。

（酒井訳）

今と昔では、夜という世界の捉え方はまったく違います。今は電気を点《つ》ければ明るくなって、本も読めるし、人の顔もはっきりわかりますが、当時は、真の暗闇が広がっていました。

その闇のなか、わずかな灯火で見たときに、美しいものとそうでないものがあったのです。昼とは違う世界が夜に広がっていたからこそ、物《もの》の怪《け》だって出てきただろうと思わされた段です。

次の段は反対に「火《ほ》かげにおとるもの」、夜の灯りの下で見劣りするものが並べられています。

〔二〕火《ほ》かげにおとるもの　むらさきの織物《おりもの》。藤《ふぢ》の花。すべて、その類《るい》はみなおとる。くれなゐは月夜にぞわろき。

（原文）

二

灯の下では見劣りするもの。

紫の織物。藤《ふじ》の花。紫色の類いのものは、皆全て見劣りするようです。

紅《くれない》は、月夜には映えません。

（酒井訳）

どうも紫色のものは、夜の灯りの下ではきれいに見えなかったみたいですね。同じ色でも、夜に見るのと昼に見るのとではまったく違う。まさに谷崎潤一郎《たにざきじゅんいちろう》が言った「陰翳礼讃《いんえいらいさん》」的な、美的な感覚があったのだと思いました。

このように私は「ものづくし」にぐっときやすいようですね。短い文章に刺さる言葉が出て「やられた」感が、癖になる。今、私がエッセイを書くなかではついくどくどと説明してしまって、なかなかここまで潔く書くことができません。一種、詩的な手法ではないでしょうか。その辺は、やはり歌人の家に生まれたことも関係しているのかも。

女の友情〜清少納言と定子〜

――酒井さんが好きだと思うようなエピソードが入っている段はありますか。「ものづくし」は楽しい段だと思うんですけど、定子様との関係やいろんなものを感じる段がありますね。

私が随筆を書く人間としてよくわかるなと思うのは、二七七段です。

〔二七七〕御前《おまへ》にて人々とも、また、もの仰《おほ》せらるるついでなどにも、「世の中の腹立《はらだ》たしう、むつかしう、片時《かたとき》あるべき心地《ち》もせで、ただいづちもいづちも行《い》きもしなばやと思《おも》ふに、ただの紙《かみ》のいと白《しろ》うきよげなるに、よき筆《ふで》、白《しろ》き色紙《しきし》、みちのくに紙《がみ》など得《え》つれば、こよなうなぐさみて、さはれ、かくてしばしも生《い》きてありぬべかんめりとなむおぼゆる。（略）

（原文）

二七七

中宮様の御前《おまえ》で、女房達と話している時や、また中宮様がお話しをなさるついでなどにも、

「この世が腹立たしくわずらわしく、片時でも生きているのが嫌になって、もうどこへでも行ってしまいたいと思っている時に、普通の紙であれば純白で美しいものに上等の筆、また白い色紙や陸奥紙《みちのくにがみ》などが手に入ったら、すっかり慰められて、『まあいいか、このまましばらく生きていられそうかも』と、思えるのです。（略）」

（酒井訳）

このとき、清少納言はなんらかの理由で落ち込んでいたようですね。落ち込んで死にたくなるようなときでも、紙が手に入ったら、もう少し生きていようかと思うことができる。……清少納言が、「書く」ことをいかに大切に思っていたかがわかる段です。

当時は、紙がとても貴重でした。貴族であっても、紙は大切に使わなくてはならないもの。清少納言もおそらく、書きたいことがあるけれども紙がないので書けない、ということがあったのではないかと思われます。

胸のなかでどろどろしたものが渦巻いているときに、それを紙に自分の言葉として吐き出すと、気持ちが晴れるものです。だから彼女は、紙が手に入ったらもう少し生きていられる、と書いたのではないでしょうか。私自身、落ち込んでいるときほど仕事がよく進むという傾向があります。幸せなときは書くものがあまり面白くないんですけれども、落ち込んでいるときは沈んだ気持ちをパソコンに叩《たた》きつけることによって、筆が進みます。物書きの方は皆さん、そういうところがあると思うんですけれども、千年前から同じだったのだとよくわかる段です。

紙が手に入ったらもう少し生きていられる、この清少納言の言葉を定子様は忘れませんでした。あるとき、清少納言は道長側のスパイではないかと疑惑をかけられて、嫌気がさしした彼女は実家に戻っていたんです。すると、「早く戻ってきなさいよ」という言葉と共に、上質の紙が定子様から届きました。
このプレゼントは、私は噂《うわさ》なんて気にしていないわよ、という定子様のメッセージと受け取ることができます。清少納言は定子様のところに戻りやすくなったことでしょう。ただそれよりも、自分が前に言ったことを定子様が覚えていてくれた。そして、その願いを叶《かな》えてくれた。そのことがより嬉《うれ》しかったはずです。いたく感動した清少納言は定子様に歌を贈り、また定子様も歌を返します。こういう女の友情――清少納言からすると定子様は雲の上の人なので、友情という感覚ではないかもしれませんけれども――主《あるじ》とそれに仕える女房の心の交流が感じられるエピソードです。

男女のきわどい応酬

――『枕草子』には様々なエピソードがありますが、思いのほか、男女のきわどい関係も書かれています。清少納言のモテ自慢が端的にあらわれているのが、一三六段ではないでしょうか。

エリート貴族である藤原行成《ゆきなり》とのエピソードですね。ある日、行成様が中宮様のところに来たのだけれども、早く帰ってしまった。その翌日に行成様から手紙が届きます。

〔一三六〕（略）「けふは残りおほかる心地《ち》なんする。夜を通《とほ》して、昔《むかし》物語《がたり》もきこえあかさんとせしを、にはとりの声《こゑ》に催《もよほ》されてなん」と、いみじうことおほく書《か》き給へる、いとめでたし。御返しに、「いと夜ふかく侍りける鳥の声《こゑ》は、孟嘗《まうさう》君のにや」ときこえたれば、たちかへり、「『孟嘗君《まうさうくん》のにはとりは、函谷《かんこく》関を開《ひら》きて、三千の客《かく》わづかに去《さ》れり』とあれども、これは逢坂《あふさか》の関なり」とあれば、

「夜をこめて鳥のそら音《ね》ははかるとも世に逢坂《あふさか》の関はゆるさじ
心かしこき関守《もり》侍り」ときこゆ。また、たちかへり、

逢坂《あふさか》は人越《こ》えやすき関なれば鳥鳴《な》かぬにもあけて待つとか

とありし文《ふみ》どもを、はじめのは、僧都《そうづ》の君《きみ》、いみじう額《ぬか》をさへつきて、とり給ひてき。後々《のちのち》のは御前《おまへ》に。

さて、逢坂《あふさか》の歌《うた》はへされて、返しもえせずなりにき。いとわろし。（略）

（原文）

一三六

（略）「今日は何とも心残りな気持ちがすることですよ。夜通し、昔話をしていようと思っていたのを、鶏の声にせき立てられて」

と言葉を尽くして書かれた、とても素晴らしい文《ふみ》。お返事に、

「とっぷりと夜が更けてから鳴いたという鶏の声は、孟嘗君《もうしょうくん》のそれでしょうか」

と申し上げたところ折り返し、

「『孟嘗君の鶏は函谷関《かんこくかん》を開かせ、三千人の食客《しょっかく》がかろうじて逃げた』と史記にはありますが、これはあなたと私の『逢坂《おうさか》の関《せき》』のことですよ」

とあったので、

「夜をこめて鳥のそら音《ね》ははかるとも世に逢坂《あふさか》の関はゆるさじ

（夜通しの嘘《うそ》鳴きで開く函谷関　けれど私の〝関〟は堅くて）

……しっかりした関守がおりますからね」

と申し上げました。またお返事で、

逢坂は人越えやすき関なれば鳥鳴かぬにもあけて待つとか

（にわとりを鳴かせなくとも開けて待つ逢坂越えは訳も無いとか）

とあったのです。それらの文を、最初のものは中宮様の弟君の隆円僧都《りゅうえんそうず》が、拝礼まで

して押し頂いていかれました。あとのものは、中宮様がお取りになったのです。そして最後の「逢坂は……」の歌には気圧《けお》されて、返歌も詠めなかった私。何とも情けないことです。（略）

（酒井訳）

藤原行成は三蹟《さんせき》の一人として、字がうまいことでも有名です（三蹟とは、平安中期の能書家三人。他に小野道風《おののとうふう》、藤原佐理《すけまさ》）。ですから、お願いだからちょうだい、と定子の弟の隆円《りゅうえん》が最初の手紙を持っていき、あとの手紙は定子様が持っていってしまったというわけです。それくらい、価値がある筆跡であったようですね。

孟嘗君《もうしょうくん》は中国戦国時代の斉《せい》の公族で、敵から逃げて函谷関《かんこくかん》に着いたときに、門が閉まっていた。その門は鶏の声がすると開くという決まりがあることを知った孟嘗君は、鳴《な》き真似《まね》をして開けさせた。そんな逸話が『史記』にあります。清少納言の返事は、それを引いているんですね。

すると行成から返事がきて、この門は私とあなたの逢坂《おうさか》の関《せき》である、と書いてある。逢坂の関というのは、現在の京都と滋賀の間の逢坂山《おうさかやま》にあった関所です。当時、京都の人が東国に行くときに必ず通った重要な関で、歌枕でもよく使われています。おもに男女間の一線を意味しますね。ですから行成は、あなたと男女の一線を越えたい、とほのめかしたわけです。

そこで清少納言が返歌として詠んだのが、「夜をこめて鳥のそら音ははかるとも世に逢坂の関はゆるさじ」。この歌は百人一首にも収められていますから、ご存じの方も多いでしょう。ここでの逢坂の関は、貞操というような意味で使われています。鳴き真似で函谷関は開くそうだけれども、私の逢坂の関は堅いから開きませんよ、と。かなりきわどいことを歌で詠んで、うまくかわしていますね。

そして行成から返ってきた歌が、「逢坂は人越えやすき関なれば鳥鳴かぬにもあけて待つとか」。逢坂の関は楽勝で越えられるよ、だって鳥が鳴かなくても門を開けて待っているそうじゃないか、というわけです。あなたの関はそれほど堅くないでしょ、と言っているわけですから、女からすると、ちょっとナメてんじゃないかと思える歌ですね。清少納言もさすがにびっくりして、返事が書けなかったと言っています。ただ、この歌は清少納言と行成が仲が良かったから成り立つやりとりで、多分に遊びの要素が大きいと思います。

正反対の二人～清少納言と紫式部～

――清少納言が錚々《そうそう》たる人たちに囲まれて暮らしていたのがわかりますね。

歴史上、私たちが名前を知っている人たちがたくさん出てきます。紫式部《むらさきしきぶ》の夫、藤原宣孝《のぶたか》が登場する段もあります。見落としがちな場面ですが、清少納言は紫式部の夫を貶《けな》しているんです。

〔一一九〕（略）右衛門《ゑもん》の佐宣孝《すけのぶたか》といひける人は、「あぢきなきことなり。ただよき衣《きぬ》を着《き》てまうでんに、なでふことかあらん。かならず、よも、あやしうてまうでよと、御《み》嶽《たけ》さらにのたまはじ」とて、三月、むらさきのいと濃《こ》き指貫《さしぬき》、しろき襖《あを》、山吹《ぶき》のいみじうおどろおどろしきなど着《き》て、隆光《たかみつ》が主殿《とのもり》の助《すけ》には、青《あを》色の襖《あを》、くれなゐの衣《きぬ》、すりもどろかしたる水干《すいかん》といふ袴《はかま》を着《き》せて、うちつづきまうでたりけるを、帰る人も今《いま》まうづるも、めづらしうあやしきことに、すべて昔《むかし》より、この山にかかる姿《すがた》の人見《み》えざりつと、あさましがりしを、四月ついたちに帰りて、六月十日の程に、筑前《ちくぜん》の守《かみ》の死《し》せしになりたりしこそ、げにいひけるにたがはずもときこえしか。これは、あはれなることにはあらねど、御嶽《みたけ》のついでなり。（略）

（原文）

一一九

（略）右衛門《えもん》の佐《すけ》の藤原宣孝《のぶたか》という人は、

「つまらないことだねえ。ただ清い着物でさえあれば、質素でなくともよかろうに。まさか、絶対に粗末にして詣でよとは、御嶽の蔵王権現様《ざおうごんげん》も決しておっしゃるまいよ」

ということで、三月末にとても濃い紫の指貫《さしぬき》に白い狩衣《かりぎぬ》、山吹色《やまぶき》のひどく大げさな衣などを着て、息子の主殿《とのもり》の助《すけ》の隆光《たかみつ》には青い狩衣、紅《くれない》の衣、乱れ模様を摺《す》り出した水干《すいかん》という袴《はかま》を着せて、ぞろぞろと参詣したのです。帰る人もこれから行く人も、珍しがり奇妙がり、

「およそ昔からこの山で、こんな格好の人は見たことがない」

と仰天していました。四月初めに御嶽から帰ると、六月十日頃に筑前守《ちくぜんのかみ》が辞任した後釜となったというので、

「なるほど、言っていたことは間違いではなかったのだな」

と、評判になったことでした。（略）

（酒井訳）

宣孝一行が、奈良の金峰山《きんぷせん》に御嶽精進《みたけそうじ》に出かけます。御嶽精進は粗末な格好で行くのが決

まりなのに、宣孝は自分も家来にも息子にもすごく派手な着物を着せて参詣する。周りの人たちは、こんな格好の人は見たことがない、と驚きます。

その二ヶ月後、宣孝は出世します。それを受けて人びとの間で、御嶽精進のときの宣孝の格好は間違いではなかったのだ、と評判になったことを清少納言は書いています。ただこれは、宣孝を褒めそやしているのではなくて、笑いながら揶揄《やゆ》しているんですね。

これを読んだ紫式部は、亡き夫が中傷されていることに腹を立て、『紫式部日記』のなかで清少納言を貶しました。あまり年の離れていない二人であり、また清少納言は定子様に、紫式部は彰子様に仕えていたので、政治的にもライバルと言える関係でした。

なおかつ、二人の性格は正反対です。カラッとしている清少納言に対して、紫式部は内に溜《た》め込んで発酵させるタイプでした。だからこそ『源氏物語』という長大な物語を書けたのでしょうが、清少納言のようにあけすけに「行成様からもてちゃった！」とか「私はこんなに漢文の知識があって、（藤原）斉信《ただのぶ》様から褒められちゃった！」みたいな書き方ができません。紫式部としては「私は一という漢字だって書けない顔をしているのに、この女は……」と、清少納言のことがものすごく気に障ったんだと思います。

——酒井さんは『源氏姉妹《げんじしすたあず》』という本を出されたばかりですね。

同じ男性と肉体関係を持っている複数の女性たちを「シスター」と表現することがありますが、そういった意味での「姉妹」です。考えてみると『源氏物語』は、光源氏という人をハブ空港のように中央に置いた姉妹関係で成り立っている物語なんですね。『源氏姉妹《げんじしすたあず》』では、そんな姉妹関係を紐《ひも》といてみました。

――清少納言と紫式部と両方を制覇したんですね。同時期に『枕草子』と『源氏物語』を読み込み、『枕草子』の現代語訳と『源氏姉妹《げんじしすたあず》』の執筆をされていたわけですが、酒井さんはやはり紫式部よりも清少納言派ですか。

やはりそうなりますね。私は紫式部のようにお腹の中に溜め込めない。すぐ外に出してしまいたくなるのは、清少納言と一緒。

正反対のものを書いている紫式部という人物にたいして、興味はあります。ただ、紫式部と仲良しにには、なれないかも。紫式部の内に秘める性格が怖くて。

でもおかげさまで、同時期に正反対の作品について書くことによって、リフレッシュする感じがありました。

同じときに生きて、たがいのことも認識していて、先祖をたどっていけば縁戚関係にもあって、まったく異なる芸風を持っていた清少納言と紫式部。これは奇跡的なことですし、千年前の女性が書いたものを今でも読むことができるというのは、日本人としてとても幸せなことだと思います。

好きと嫌い

——最後に、三年の歳月をかけて『枕草子』を訳してみて、いかがでしたか。

冒頭でも触れたことですが、『枕草子』は意外に長い作品ですよね。読むのもけっこう大変だと思います。今より若い頃に読んでいたときは、「面白い」とか「わかるわかる」と読んでいたのですが、時間をかけて訳すとなると、読み方が変わりました。この長い文章のなかに、彼女が何をこめていたのか、どうしてこの言葉を選んだのかを、じっくり考えるようになる。

私がいちばん迷ったのは、「春はあけぼの」から始まる一段です。もっとも有名な「春はあけぼの」の一節をどう訳すのか。橋本治さんは「春って曙《あけぼの》よ！」と訳されました。本当はそれがいちばん正しいんです。「春は曙」、この三文字以外の何ものでもないんですから。でも、私は迷いに迷った末に、「春は、夜明けが好き」と訳しました。「好き」という言葉を入れたんです。

『枕草子』は全編にわたって、好きと嫌いの感情について語っている作品とも言えます。ただ、「好き」や「嫌い」という言葉は、当時、まだ存在しないんですよね。感情としては存在したでしょうが、今で言う「好き」という感情を、「をかし」「あはれ」「こころときめき」など、様々な表現であらわしています。

それに沿えば、「春はあけぼのが良い」とか「春はあけぼのが素敵」とか、いろいろな言い方ができるかもしれません。けれども清少納言は「好き」「嫌い」の区別が非常にはっきりしている人だからこそ、私は最初にはっきりと「好き」という言葉を入れておきたかった。そして、最後の一行にある「わろし」を、「嫌い」と訳しました。

「好き」に始まり、「嫌い」で締める。それが、私の感覚が捉えた『枕草子』の一段でした。

〔一〕春はあけぼの。やうやうしろくなり行く、山ぎはすこしあかりて、むらさきだちたる雲のほそくたなびきたる。

夏はよる。月の頃はさらなり、やみもなほ、ほたるの多く飛びちがひたる。また、ただひとつふたつなど、ほのかにうちひかりて行くもをかし。雨など降るもをかし。

秋は夕暮。夕日のさして山のはいとちかうなりたるに、からすのねどころへ行くとて、みつよつ、ふたつみつなどとびいそぐさへあはれなり。まいて雁《かり》などのつらねたるが、いとちひさくみゆるはいとをかし。日入りはてて、風の音むしのねなど、はたいふべきにあらず。

冬はつとめて。雪の降りたるはいふべきにもあらず、霜のいとしろきも、またさらでもいと寒きに、火などいそぎおこして、炭もてわたるもいとつきづきし。昼になりて、ぬるくゆるびもていけば、火桶《をけ》の火もしろき灰がちになりてわろし。


（原文）

一

春は、夜明けが好き。次第に白んでくる山際の空が少し明るくなって、紫がかった雲が細くたなびいているのが。

夏ならば、夜。月が出る頃であれば、もちろんのこと。闇夜でも蛍がたくさん飛びかっているのがよいし、また、わずか一匹二匹ほど、ほのかに光って飛んでゆくのも素敵。雨など降るのも素敵。

秋は、夕暮れが。夕日がさして山の稜線《りょうせん》に近づいてきた時に、烏《からす》がねぐらへ行こうとして、三羽四羽、二羽三羽などと飛び急ぐのも、心に沁《し》みるものです。まして列をなして飛ぶ雁《かり》などがほんの小さく見えるのは、とても素敵。日がすっかり沈んでからの、風の音や虫の声なども、やはり言い表しようがありません。

冬は、早朝。雪が降っていると、言葉にならないほど。真白の霜も、そうでなくともたいそう寒い時、火など急いでおこして炭火を配り歩くのも、とても冬の朝らしいものです。昼になって、ほの暖かく寒さがゆるみゆけば、火鉢の火も白い灰ばかりになって、嫌い。

（酒井訳）

質疑応答

【質問1】歌を交わすのは男女の間だけかと思っていました。女性どうしでも歌を交わしていたんですね。

今でいうメールやＬＩＮＥの感覚だったのではないかと思います。

清少納言が女房仲間数人と牛車《ぎっしゃ》に乗ってピクニックに出かける章段があります（二二三段）。景色を眺めたり、自然に触れて楽しんできた。このとき定子は、和歌を詠んできて、と清少納言に頼んでいます。これは「写メ撮ってきてね」という感覚だったのだと思います。定子は気軽にピクニックに行けるような身分ではありませんから、そこにどんな風景があったか、どんなふうにきれいだったか、歌に詠んで伝えてほしかったのでしょう。ところが清少納言は和歌を詠まずに帰ってきたので、定子はひどくがっかりしてしまいました。

歌はコミュニケーションツールにもなっていたのでしょう。男女の間でも歌を詠み交わすことによって愛情を深めたでしょうし、女性どうしが友情を深めるための道具でもあったのだろうと思います。

清少納言は決して和歌が下手ではなかったのですが、お父さんが有名な歌人だったので、いわゆる二世として、絶対に上手なものを詠まないといけないというプレッシャーを抱えてしまっていました。それであるとき、中宮様に「和歌は詠みません宣言」をしたというエピソードもあります。

【質問2】酒井さんの現代語訳はコピーライターのような仕事だなと感じましたが、いかがでしょうか。「コクがあるのに、キレがある」というビールのコピーがありましたが、「キレがあるのに、自然体」が酒井さんの訳だと感じました。特に一段がすばらしいです。研究者からはなかなか出にくい訳だと思いますが、きっと皆さん好きになるのではないでしょうか。

きっと私が広告会社にいたことからおっしゃっていただいたのかもしれませんが、実はコピーライターの仕事はしたことがないんです。嬉しいご感想をありがとうございます。国文学者の方が私の訳をお読みになれば、いろいろおっしゃりたいことはあると思います。

ただ、日本文学全集の主旨として、学者の方ではなく、実際に文章を書く仕事に携わる人が古典を捉えたときにどういう表現になるかということがあります。「好き」だの「嫌い」だのと勝手につけくわえることができたのは、私が学者ではないからでしょうね。

【質問3】酒井さんは普段、基本的に「ですます」調をお使いになりつつ、二、三行おきに「〜だ」と言いきる文末を挟んでいて、メリハリを感じます。また『枕草子REMIX』では、「エセ幸い《ざいわ》」をはじめとしてキャッチーな言葉を拾われていて、さすがだと思ったりもしました。今回の『枕草子』は普段と違う文体で、「ですます」調を通されていました。どのような気持ちでそれを通されたのでしょうか。

おっしゃるとおり、私は普段のエッセイで、「ですます」のなかに体現止めをまぜたり、「〜だ」で終わる文章にしたりします。「ですます」調は語尾が単調にならないようにするのが難しいので、そういったことをしているのですが、今回の翻訳は、あまりその手の手法はまぜていません。基本的に原文に忠実に訳しながら、読みやすくすることを心がけたのですが、いつもの私と同じにしてしまうと、あまりにも私色が強く出すぎるという心配もあったかもしれません。

語尾で難しかったのは、類聚的章段で「〜の」という語尾です。たとえば二九段で「ちごあそばする所のまへわたる」を「赤ん坊が遊んでいる前を、通るの」と私は訳しましたが、「〜の」は重なるとくどいので、なるべく避けたいんです。ですから、同じ段の「よきたき物たきてひとりふしたる」は、「〜の」を避けて、「上等のお香を薫いて、一人で伏している時」としました。なるべく「〜の」止めが重ならないようにするのが、少し難しかったですね。

【質問4】清少納言はなぜ、物語ではなく、随筆を書いたのでしょうか。

随筆を書く脳と物語を書く脳は全然違うような気がしています。私もよく「酒井さんは小説を書かないんですか」と言われるんですけれども、まったく書く気持ちにならないというか、きっと脳の構造が違うんですね。

随筆を書く人というのは、何かに気づいて、これを他人に知らせたいと思うことを、なるべく短時間で素材の形のまま届けたいという欲求がある気がします。お寿司屋さんのように、変に料理せず、私はこういう良いネタを仕入れることができるんですよ、とネタを切って握ってお出しする。それが随筆のやり方です。

反対に物語を書く人は、フランス料理や懐石料理のコースをつくるように、様々な調理方法を駆使して一つの太い流れをつくっていきます。ネタそのままではなく、自分なりのやり方で変化させて、自分独自の味をつけて出す。そういう感覚は、清少納言になかったのでしょう。

清少納言がなぜ歌の道にいかなかったかという疑問もありますね。和歌の名手の娘として生まれて、プレッシャーがあったというのも一つですが、もう一つ、書きたいことが多すぎたとも思うんです。歌に収められる情報量は限られてきますし、様々なルールにも従わなくてはならない。和歌の枠に収まりきらない彼女の思いが、『枕草子』の形に結実したのではないかと思います。

方丈記

翻訳は小説を書くことと同じです

高橋源一郎

［方丈記］

鎌倉時代初期の建暦《けんりやく》二（一二一二）年頃成立したとされる、日本三大随筆の一つ。鴨長《かものちよう》明《めい》作。源平の争乱期を背景に、晩年、日野（現・京都市伏見区）に構えた方丈（約三メートル四方）の庵で閑居生活を送っていた長明が、安元の大火、養和の大飢饉《だいききん》、元暦《げんりやく》の大地震等の震災に遭った様子を記す。冒頭の一文、「行《ゆ》く河《かわ》の流れは絶えずして、しかももとの水にあらず」は名文として名高い。日本で最初の災害文学とも呼ばれている。鴨長明はこの数年後に『発心集』を記した。

皿と破片

いま「教育勅語《ちょくご》」がキてるでしょ？　「教育勅語って読んだことある？」と、友人たちに訊《き》いてみました。それも、この人は読んでそうな気がするぞ、という人に的を絞って。みんな「見たことはある」とは言うんです。でも読んだことがない。じつはぼくも、『日本文学盛衰史』を書いたときに見た覚えはあるけれど、ちゃんと読んだことがありませんでした。はっきり言って、スルーしてました。なので、今回あらためて読んでみたんです。

んー、やっぱりわかんない。なるほどね。意味がわからないからぼくはスルーしたんだな、ってことがわかりました。そこで、つい茶目っ気を出してしまいました。一時間ほどかけて「教育勅語」を翻訳してみた。翻訳して、ツイッターにアップしたんです。そしたらもう、大炎上（笑）。

これは翻訳にかかわる大切な問題です。今日は、「教育勅語」『論語』『方丈記』を通して、翻訳についてお話ししていきます。え、『方丈記』の話じゃないのかって？　いやいや、最後まで聞いていってください。きっと草葉の陰で鴨長明《かものちょうめい》も喜んでくれると思います。

ぼくは翻訳について考えるとき、いつもヴァルター・ベンヤミンの「翻訳者の使命」が念頭にあります。これは、翻訳にかんする歴史のなかでもっとも有名なエッセイの一つです。翻訳という、定義しがたいものについて、きわめて厳密で真剣に書かれた本で、とても、難しい文章で書かれています。曖昧《あいまい》というか抽象的というか、読んだ人によって意味の取り方が変わってくる。ですから、ぼくがここでお話しするのは、ぼくのベンヤミン解釈です。もしかしたらベンヤミンが言ってるのとは違うことを喋《しゃべ》っちゃうかもしれません。でも、書かれたものは自由に解釈していいって、ベンヤミンが言ってます。誤読はベンヤミンのお墨付きです（笑）。

さて、ベンヤミンは翻訳についてこう言っています。原文と翻訳は、一枚の皿とそれが割れた破片の関係にあたる。――どういうことでしょう？　わかりやすそうで、よく考えると全然わかりません。

皿が割れたら、破片になりますね。破片は皿がばらばらになったものです。そして破片は、一つ一つみんな異なった姿をしています。

その破片の一つ一つが異なった翻訳であり、原文もまた、その破片の一つにすぎない。それらはみんな一つの大きな皿の割れた破片なんです。

ちょっとわかりにくかったかな。たとえば、「永遠」というアルチュール・ランボーの有名な詩があります。「Elle est retrouvée./Quoi? ― L'Éternité./C'est la mer allée/Avec le soleil」という原文を、小林秀雄が「また見つかった、／何が、永遠が、／海と溶け合う太陽が。」と訳しました。このことを、ベンヤミン流に説明してみます。

はじめにランボーの原作があって、その原作にたいして小林秀雄が翻訳をしたのではありません。原文の先、ランボーが詠むよりも前に、この詩で詠まれた永遠という感覚がありました。その感覚を、最初にランボーがフランス語に翻訳した。それを見た小林秀雄が日本語に翻訳した。つまり、原作と翻訳の関係は、早いか遅いかの違いでしかありません。より重要なのは、ランボーと小林秀雄が、ある一つの同じものについて、別の言語で表現したということです。

二人の「作品」はどちらも、もっと大きな全体＝一枚の皿の「破片」なんです。

……ちょっと話を急ぎすぎたかな。

大切なのは、原文に書かれてあること――あるシチュエーションがあって、そこに人がいて、その人があることを言った――を、日本語でどのように書けるのかということです。だから原文の単語の一つ一つにこだわって、日本語でどの単語がもっとも正確な訳か、なんてことに足を取られてはいけない。原文に似てるとか似てないとかはどっちでもいいんじゃない？　もちろん偶然似ちゃってもいいけど、たぶん翻訳の正しさってそういうことじゃないよ！　とベンヤミンは言うわけです。

うん、たしかに。翻訳をくり返したら、原形をとどめるわけがないですよね。フランス語の原文があったとして、それをドイツ語に翻訳したら、九割くらい正確に訳せた。そのドイツ語の翻訳をさらに英語に訳したら、原文の七割になった。その英語をさらに日本語に訳したら、五割になった。三回も翻訳をくり返すと、もはや原形をとどめません。

だから、原作にくらべて翻訳は劣るとか、原作が先にあって翻訳が後にあるとか、ふつうはそんなふうに考えられがちなんですけど、ベンヤミンはこの考え方そのものをなくそうと言いました。

ベンヤミンは「原形をとどめない」とは考えません。「新しい何かが生まれた」と考えたんです。翻訳は、原作のコピーを目指すのではなく、そのつど新しいオリジナルを生んでいる。そう考えてみよう、というのがベンヤミンです。ぼくは目から鱗《うろこ》が落ちました。

翻訳という事件

ベンヤミンってユルい人だなと思いました？　翻訳はなんでもアリって感じ？　いや、そんなことないんですよ。じつは、ベンヤミンは翻訳のハードルをめっちゃ上げていると思います。翻訳者に自由をあたえるとともに、厄介な使命をあたえてもいるんです。ベンヤミンは、翻訳者は事件を起こさなくてはいけないと言っています。これは恐ろしいことです。ベンヤミンいわく――翻訳は新しいオリジナルを生むことなんだから、別に原作に似なくてもいい。どれだけ正確に訳したって、それはただ忠実にコピーできましたってだけだし。ただしさ、翻訳は新しいオリジナルを生むことなんだから、これまでにない日本語のショッキングな作品をつくらないといけないよ。きみは翻訳者だよね。きみが自国語に事件を起こさないなら、翻訳する意味ないよ――どうですか、これ。ハードル上がってるでしょう？

翻訳は自由です。原文からどれだけ離れてもいいという自由があります。同時に、翻訳には使命があります。そのつど事件でなくてはいけないという使命です。めっちゃ大変。自由ってほんとに大変なんです。ぼくはいつも、このベンヤミンの考えを頭においています。

指名手配犯たち

ぼくが初めて翻訳という事件に遭ったのは、伊丹十三《いたみじゅうぞう》さんが訳したウィリアム・サローヤンの『パパ・ユーア クレイジー』です。これはショッキングでした。伊丹さんはある意味で、ベンヤミンの言っていることを逆方向から実践しています。伊丹さんがやったのは直訳です。原文の人称代名詞をできるかぎり省略しないで、忠実すぎるほどに直訳しました。たとえば伊丹さんの翻訳に、「僕の父と僕は、僕の母と僕の妹にさよならをいった」(新潮文庫)とあります。すごく読みにくいですね。英語は「僕」とか「彼女」とか「私の彼」といった単語がやたらと多いです。だからふつうは、「僕らは母と妹と別れた」などと省略して訳します。

なぜ伊丹さんは、こんなに読みにくい翻訳をつくったのでしょう? 最初はまったく読めませんでした。でも、その読めなさにぶつかり続けるうちに、ここにあるのはぼくたちとまったく違う世界なのだと気づきます。それに気づいてから初めて、ここに出てくる人たちのことがわかってくるんです。

ふつうに訳されたものを読むと、アメリカ人なのに流暢《りゅうちょう》に日本語を喋っている、なんとなく知っているような生活をして、でもやっぱりわからないようなことを言う人たちがそこにいます。けれど、この人たちが明らかに変な日本語を喋ることで、そこがぼくたちとまったく違う世界であることに気づき、そして彼らがぼくたちと同じ感性を持っていることがむしろ際立ってきます。それを読者に感じさせるために、形式的に直訳された人称代名詞がものすごく効いているんです。

翻訳のなかでも、直訳はつまらないし、簡単な仕事だと言われてきました。原文の意味を百パーセント正確に訳せたとしても、日本語の文章としておもしろくなければどうしようもないからです。伊丹さんはそれに反旗をひるがえして、日本語に事件を起こしたのです。反旗を掲げた人は他にもいます。たとえば橋本治《はしもとおさむ》さんです。橋本さんといえば、「春はあけぼの」を「春って曙よ！」と訳した『桃尻語訳　枕草子』で有名です。あれもショッキングでしたけど、新作の『百人一首がよくわかる』もかなりヤバいです。

橋本さんが百人一首の和歌を訳しているのですが、原文の五七五七七に合わせて、なんと翻訳も五七五七七です。語数をそろえるだけでも難しいのに、持ってくる単語がいちいちすごい。「ちはやぶる　神代《かみよ》もきかず　竜田《たつた》川《がは》　からくれなゐに　水《みづ》くくるとは」の訳が、「ミラクルな　神代《かみよ》にもない　竜田《たつた》川《がわ》　こんな真っ赤に　水を染めるか！」。「ちはやぶる」が「ミラクルな」ですよ。すっかり印象が変わって見えますよね。意味を合わせて、形も合わせて、日本語に衝撃をあたえてもいる。橋本さんは、千年以上前の男が「ミラクルな」と詠《うた》うという、新しい事件を生みました。

さて、冒頭でお話ししたとおり、今日は「教育勅語」をお配りしました。せっかくだから原文を声に出して読んでみますね。……んー、ぼく、読めるかな（笑）。

教育ニ関《かん》スル勅語

朕惟《ちんおも》フニ我《わ》カ皇祖《こうそ》皇宗《こうそう》国《くに》ヲ肇《はじ》ムルコト宏遠《こうえん》ニ徳ヲ樹《た》ツルコト深厚《しんこう》ナリ我《わ》カ臣民克《しんみんよ》ク忠ニ克《よ》ク孝ニ億兆《おくちよう》心ヲ一《いつ》ニシテ世世《よよ》厥《そ》ノ美ヲ済《な》セルハ此《こ》レ我《わ》カ国体《こくたい》ノ精華ニシテ教育ノ淵源《えんげん》亦実《またじつ》ニ此《ここ》ニ存ス爾臣民《なんじしんみん》父母《ふぼ》ニ孝ニ兄弟《けいてい》ニ友《ゆう》ニ夫婦相《あい》和シ朋友《ほうゆう》相《あい》信シ恭倹《きようけん》己《おの》レヲ持《じ》シ博愛衆ニ及ホシ学《がく》ヲ修《おさ》メ業《ぎよう》ヲ習《なら》ヒ以《もつ》テ智能ヲ啓発《けいはつ》シ徳器《とくき》ヲ成就シ進《すすん》テ公益ヲ広《ひろ》メ世務《せいむ》ヲ開キ常ニ国憲《こくけん》ヲ重《おもん》シ国法《こくほう》ニ遵《したが》ヒ一旦緩急《いったんかんきゆう》アレハ義《ぎ》勇公《ゆうこう》ニ奉《ほう》シ以《もつ》テ天壌無窮《てんじようむきゆう》ノ皇運《こううん》ヲ扶《ふ》翼《よく》スヘシ是《かく》ノ如《ごと》キハ独《ひと》リ朕《ちん》カ忠良《ちゆうりよう》ノ臣民《しんみん》タルノミナラス又以《またもつ》テ爾《なんじ》祖先ノ遺風ヲ顕彰《けんしよう》スルニ足《た》ラン

斯《こ》ノ道ハ実《じつ》ニ我カ皇祖《こうそ》皇宗《こうそう》ノ遺訓ニシテ子孫臣民《しんみん》ノ倶《とも》ニ遵守《じゆんしゆ》スヘキ所之《ところこれ》ヲ古今《ここん》ニ通《つう》シテ謬《あやま》ラス之ヲ中外《ちゆうがい》ニ施シテ悖《もと》ラス朕爾《ちんなんじ》　臣民《しんみん》ト倶《とも》ニ拳拳服膺《けんけんふくよう》シテ咸《みな》其《その》徳ヲ一《いつ》ニセンコトヲ

庶幾《こいねが》フ

明治二十三年十月三十日 御名御璽《ぎょめいぎょじ》

……はあ、疲れた。

ぶっちゃけ、意味がよくわかんないですね。

ぼくも最近まで、「爾《なんじ》臣民」とか言ってるなぁ、くらいの感じでした。いろいろ考えたのは、訳しながらです。訳しているうちにいろいろわかってきたことがあります。

ぼくは、「爾臣民」を、「きみたち天皇家の臣下である国民」と訳しました。神社本庁の翻訳を見てみると、「爾臣民」は「国民」と訳されています。どちらが正しい訳だと思いますか？

ぼくの訳は間違っていません。神社本庁の訳も間違っていません。あ、不思議そうな顔をしていますね。これはひじょうにおもしろい問題です。なぜどちらも間違っていないのか、理由をお話ししていきますね。

「爾」は「きみ（たち）」という意味です。え、「あなた（がた）」ではないかって？ いい質問ですね。「教育勅語」が発布された一八九〇（明治二三）年の当時は、国民は天皇の赤《せき》子《し》とされていました。ぶっちゃけ上から目線です。天皇が国民に向かって「爾」と呼びかけた場合、立派な大人が赤ちゃんに言い聞かせるという構造が含まれています。だから、同じ二人称でも、「あなた（がた）」と相手を敬うようなニュアンスはありません。「きみ（たち）」です。なんなら「おまえ（たち）」って感じと言ってもいいでしょう。先日、ある幼稚園で子どもたちに「教育勅語」を唱えさせていましたけど、まあ、そのとおりなんですよね。あれくらい、国民は赤ちゃん扱いされていたんです。

ちなみに、冒頭に「朕」という言葉も出てきますね。「私」と訳されることが多いですが、「朕」は天皇ただ一人しか使えない言葉です。ですから「天皇である私」が正しい訳ですね。同じように、「臣民」はただの国民ではありません。「臣下である国民」です。ぼくは正しくそう訳したんですけど、でも「国民」と訳した神社本庁の翻訳が間違っているかというと、そうでもない。こう言うと、「国民と訳すのは、『教育勅語』の本質を隠す意図がある」と批判されるんですけど、そうとばかりも言えません。

というのは、当時の人たちにとって、「臣民」は今の「国民」と同じ意味でした。なぜなら、「臣民」以外の国民のあり方がなかったからです。「臣民」と耳に入っても、頭を通過するときには「国民」という意味に変換されていました。

ただ当時でも、「爾臣民」が「お前たち、天皇の臣下である国民よ」と聞こえちゃう人はいました。たとえば、社会主義者や、いろんなことをきちんと考えられるインテリや、海外の事情に詳しい人間とか、です。彼らには、聞こえちゃうというか、ちゃんと聞こえた。そういう人たちにとっては、「え、俺って天皇の臣下なの?」と引っかかる言葉です。多数の人たちにとっては、「臣民=国民」でオッケー。でも一部の人たちには「臣民=臣民」と聞こえちゃう。つまり聞こえ方の問題なんです。ですから、「臣民=国民」と訳した神社本庁の訳も、「臣民=臣民」と訳したぼくの訳も、どちらも間違ってはいないんです。

ただ一つの正しい翻訳などありません。たがいに異なる翻訳がたくさん生まれます。こうした違いが出るのは、何を大事にして翻訳するかによるわけです。

ということで、ぼくが訳した「教育勅語」を読み上げてみます。「教育勅語」という短い文章が告げているメッセージを、できるかぎり正しく訳してみた。それがぼくの翻訳です。

翻訳闘争最前線

はい、天皇です。よろしく。ぼくがふだん考えていることをいまから言うので、しっかり聞いてください。もともとこの国は、ぼくたち天皇家の祖先が作ったものなんですよ。知ってますか? とにかく、ぼくの先祖たちは代々、みんな実に立派で、実に素晴らしい徳の持ち主ばかりでしたね。きみたち国民は、いま、そのパーフェクトに素晴らしいぼくたち天皇家の臣下であるわけです。なんて幸せなことでしょう。そこのところを忘れてはいけませんよ。その上で言いますけど、きみたち国民は、長い間、臣下としては主君に忠誠を尽くし、子どもとしては親に孝行をしてきたわけです。その点に関しては、全員一致で、一人の例外もなくね。その歴史こそ、この国の根本であり、素晴らしいところなんですよ。そういうわけですから、教育の原理もそこに置かなきゃなりません。きみたち、すなわち、天皇家の臣下である国民は、それを前提にした上で、父母を敬い、兄弟は仲良くし、夫婦は喧嘩せず、友だちは信じ合い、なにをするにも慎み深く、博愛精神を持ち、勉強し、仕事のやり方を習い、そのことによって智能をさらに上の段階に押し上げ、徳と才能をさらに立派なものにし、なにより、公共の利益と社会のためになることを第一に考えるような人間にならなくちゃなりません。もちろんのことだけれど、ぼくが制定した憲法を大切にして、法律をやぶるようなことは絶対しちゃいけませんせん。よろしいですか。さて、その上で、いったん何かが起こったら、いや、はっきりいうと、戦争が起こったりしたら、勇気を持ち、公のために奉仕してください。というか、永遠に続くぼくたち天皇家を護るために戦ってください。それが正義であり「人としての正しい道」というわけです。そのことは、きみたちが、ただ単にぼくの忠実な臣下であることを証明するだけではなく、きみたちの祖先が同じように忠誠を誓ってきたことを讃えることにもなるんです。一石二鳥ですよね。
さて、いままで述べたことはどれも、ほんとうに、ぼくたち天皇家の偉大な祖先が残してくれた素晴らしい教訓であり、その子孫であるぼくもきみたち臣下である国民も、共に守っていかなければならないことであり、あらゆる時代を通じ、それから、世界中どこに行っても通用する、絶対に間違いのない「真理」なんですよ。そういうわけですので、ぼくも、きみたち天皇家の臣下である国民も、そのことを決して忘れず、みんな心を一つにして、そのことを実践していこうと心の底から願おうじゃありませんか。以上!
明治二十三年十月三十日
天皇
（高橋訳）

なぜ「教育勅語」がずっとありがたがられていたかというと、わからないからです。聞いているほうもわかっていませんし、それを喋っているほうもよくわかっていません。訳していいて気がついたんですけど、教育勅語って教育論じゃないですね。臣下はどうふるまうべきかを書いた「臣下の道」論です。皇祖皇宗とか言ってるけど、皇祖と関係ないことばかり喋っています。それに、天皇家の祖先が偉いとか言って、ちょっと自分の身内を褒めすぎって感じがしません？　ふつうの感覚で読んでみると、気づくことがいっぱいです。ぼくはなるべくふつうの感覚で、一般的な常識をもって、「教育勅語」を訳してみました。

こころがけたのは、これは文章を書くときの原則にもしていることですが、小学四年生にわかるように翻訳することでした。ある人がぼくの訳した「教育勅語」を英訳してくれて、それには「子ども向け『教育勅語』」とタイトルが打たれていました。子ども向けと言われて、ぼくは嬉《うれ》しかったです。

でも、子どもがわかるように訳すというのは、間違ったやり方だと言われることがあります。なぜなら、わかるようにしちゃうからです。「教育勅語」がまさにそうで、わかったらありがたみがなくなってしまう。「教育勅語」は、そのままならわかることをわざとわからないように書いて、わからなくすることで自分をありがたいものに見せかけているんです。ぼくのはその見せかけを取り払ってみました。どんどん平たくしていったんです。

ですから、ぼくの翻訳は、「教育勅語」にとっては不倶戴天《ふぐたいてん》の敵みたいなものです。でもそんなこと、知ったこっちゃありません。なぜなら、ぼくは本当のことが知りたいから。これは翻訳という闘いです。世界を理解し、把握するために、わからなさに閉じこもって自分を護《まも》ろうとする原文と闘う。翻訳にはそういう力があります。

さて、ぼくは「教育勅語」を訳して、いくつか怒られたところがあります。「いったん何かが起こったら、いや、はっきりいうと、戦争が起こったりしたら」というところが、いちばん怒られました。「戦争が起こったりしたら」なんて原文のどこにも書いてないじゃないか、「震災や事件が起こったら」でいいじゃないか、と言われました。みなさんはどう思われますか？

たしかに、原文に戦争という単語は見当たりませんね。ふつうに訳したら、「いったん何かが起こったら」だけでいいのかもしれません。だけど、文章には文脈があります。前と後ろの関係をしっかり見てみましょう。いったん何かが起こったら、どうしろと「教育勅語」は言っていますか？「義《ぎ》勇《ゆう》公《こう》ニ奉《ほう》シ以《もっ》テ天壌無窮《てんじょうむきゅう》ノ皇運《こううん》ヲ扶翼《ふよく》スヘシ」。つまり「勇気を持ち、公のために奉仕してください。というか、永遠に続くぼくたち天皇家を護るために戦ってください」と言っていますね。

天皇家を護るために戦わなければいけない事態って、なんでしょう？震災が起きたら、ふつうはまず被災地に行きますよね？事件が起きたら、ふつうは現場に行きません？天皇を護るために戦わなきゃいけなくなる事態って、戦争のことしか考えられない。これは原文に書かれていない、隠されたメッセージです。「いったん何かが起こったら」なんて、もってまわった言い方をして、わかりにくい。「戦争が起こったりしたら」と明らかに書いたほうが、文章の意味が通ります。ぼくは隠れたメッセージを明らかにして訳してみたんです。

百年後から読む

先ほど、「臣民」問題についてお話ししましたが、こうやって考えていくと、「日本国憲法」も翻訳してみたくなってきます。「日本国憲法」には「国民」という単語がたくさん出てきます。条文のはじめからして、「日本国民は、正当に選挙された国会における代表者を通じて行動し、われらとわれらの子孫のために、諸国民との協和による成果と、わが国全土にわたつて自由のもたらす恵沢《けいたく》を確保し、政府の行為によつて再び戦争の惨禍《さんか》が起ることのないやうにすることを決意し、ここに主権が国民に存することを宣言し、この憲法を確定する」です。みなさんは、この「国民」という言葉をどう訳しますか？

ぼくは「国民」をこう訳してみました。「私たち、日本という国家、たまたまできたある種の共同体で、期間限定だと思われるけれども、そういう共同体のなかの一つである日本の成員の一人」。

もしも国家がなかったら？　たとえば百年後の世界で、国家という仕組みや考え方がなくなっているとしたら？　百年後の人にとっては、「国民」という言葉はわかりません。ぼくたちは当然のように国というものがあると思っているから、「国民」を翻訳する必要がないと考えてしまいます。ところが百年後からいまを見てみると、言葉が変わって見えませんか？　いや、いまの世界が変わって見えるのかな。

いまでも、「国民」という言葉に疑問を持つ人はいます。国という仕組みが平和の障害になっていると考えている人は、「国民」を「国家という悪の制度に従っている人たち」と訳すでしょう。これは百年後の視点に通じます。ほら、先ほど話したばかりですね。いまのぼくたちから見たら、「爾臣民とか言われて臣下扱いされて喜んでるなんて、百年前の人はバカなのかな」と思うように、百年後の人からしたらぼくたちだって、「国民とか言われて憲法スゴイとか喜んでるなんて、バカなのかな」と思われるかもしれません。

ぼくだって、はなから「国民」という言葉を疑ってかかったんじゃないんですよ。「教育勅語」を翻訳しているうちに、百年前の人にとって「臣民」は「国民」と一緒だったけど、じゃあぼくたちにとって「国民」は何と一緒なのかなと思って。そしたら「日本国憲法」のことが気になってきて。翻訳をしているうちに、百年後の視点が出てきたんです。

翻訳は、思考実験であり、認識の可能性を試す道具にもなるんです。百年前をいまに翻訳するように、百年後からいまを翻訳することができます。ぼくたちがこの世界に生きて闘いを続けるために、強い認識の道具になります。翻訳って、頼もしいでしょう?

わかる? わからない?

ところで、翻訳には、外国語から日本語への翻訳と、古典から現代語への翻訳があります。外国語の原文から日本語に訳す場合は、もちろん四百年前のシェイクスピアを訳したりもしますけど、おもに同時代の外国語が多いですね。だいたい同じような生活をして、同じようなものを食べて、なんとなくわかっている人たちのことを訳します。

ところが古典の現代語訳の場合は、言葉自体は同じ日本語ですが、千年前とか二千年前とかの人が相手です。もう何を言っているのか全然わからないということがよくあります。ところで、ぼくはいま『論語』全訳に挑戦しています。もう半分くらいまできたんですが、すごいでしょ(笑)。

『論語』は孔子《こうし》の発言集みたいなものです。孔子って、キリスト以前の人ですからね。超絶昔です。なのに、やってることは松下政経塾みたいなものなんですね。ヤマトタケルノミコト時代よりずっと前にあった松下政経塾なんて、想像つきますか? 読んでいると、よくわかるところもあるけれど、ところどころまったく理解できないところが出てくるんです。勉強したいとか友達ほしいとか、そういうことは千年たっても二千年たってもわかるんだけど、神様の話になるといきなり原理主義者になったりして、これが全然わからない。どれだけ考えてもわからない。考えてもわからないところは、わからないものだと前提して向き合うしかありません。

わかることに重きをおいて開け広げていくか、わからないことに重きをおいて詰め寄っていくか。とにかく、まず態度を決めてから向き合う。これは翻訳にかぎらず、考えたり読んだり書いたりするとき、とても重要なことなんですね。絶対にわかると思うと、隙ができちゃう。絶対にわからないと思うと、断たれてしまう。このバランスが難しい。でも、自分の手のなかで転がしながら相手のことを知っていくこともできるし、相手に振り回されながら相手のことを知っていくこともできますよね。

「わかる」の感触も、「わからない」の感触も、翻訳の手がかりです。

想像と推理

『論語』はわからないところだらけです。だからぼくは、解釈本や漢和辞典を引きながら、一字一字、じっくり考えていっています。それでも、わからないところがいっぱいです。

そこで気づいたんですが、これまで『論語』を訳してきた学者の先生たちは、自分がわかってるから手を抜いているんですよね。先生たちはたぶん頭がよすぎて、「こんなのみんなわかるでしょ」って感じで、ふつうの人がわからないところを流してしまうんです。「この言葉の意味がわからない」というところは、学者の先生たちが立ち止まって解釈してくれています。でも、ぼくがわからないのは、「なぜ孔子がこんなことを言っているのかわからない」というところです。こういうところを、学者の先生たちは流して略してしまいます。ぼくは自分がわからないところを中心に『論語』を訳しています。

たとえば、ある人がご飯を食べたと書いてあります。うん、ご飯を食べるのはわかりました。だけど、「ふつうこういう状況でご飯食べないんじゃないの?」とぼくは引っかかるんです。そういうことってありませんか? 読んでいて気持ち悪いですよね。そういうとき、ぼくはとことん読んで考えます。読んで、考えて、読んで、考えて、読んで、考えて、「きっと寝坊して朝ご飯を食べそこねたから、こんな半端《はんぱ》な時間に食べてるんだな」とか、「思わず好物が手に入ったから、嬉しくてすぐ食べちゃったに違いない」とか、思いつくわけです。推理と想像で、あらゆる可能性を考えてみるんです。

文章に書かれてはいないけれど、そこで起きていたことがあるはずです。それを想像と推理でつかんでいく。そんなふうにして初めて、二千年前のおじさんが言っていることがわかってくる。これも翻訳のとてもラディカルな作用です。

これって、昔々の人を、自分と同じ時代の人としてとらえるということかもしれません。なんでそう思うの？　なんでそんなこと言うの？　なんでそんなことするの？　ふつうの疑問に引っかかると、じつは昔々の人たちが、ぼくたちとそれほど変わらない感性を持っていたことに気づくかもしれません。

トレンドセッター鴨長明

さて、やっと『方丈記』のお話です。

ぼくはもともと『方丈記』が好きで読んでいました。堀田《ほった》善衛《よしえ》さんの書いた『方丈記私《し》記《き》』も好きでした。『方丈記』の背景にあるのは戦乱と震災ですから、いまのぼくたちと重なるところがありますね。そんな時代に生きていた一人の世捨て人が鴨長明です。

『方丈記』の内容は把握していたんですが、自分が翻訳するとなって、真剣に読み直してみました。最初は手ごたえのないまま読んでたんですけど、こういうのって、「いける！」と感じる瞬間があるものでしてね。今回は、「モバイル・ハウス・ダイアリーズ」という言葉が浮かんだ瞬間、これはうまくいくと思いました。

鴨長明は晩年、方丈庵という家をつくって移り住み、そこで『方丈記』を書きました。方丈庵は一丈四方、約三メートル四方のコンパクトな住居で、しかも組み立て式で可動式。好きなときに、家ごと移動できます。これって、いまで言うモバイル・ハウスですよね。だから本のタイトルの『方丈記』を翻訳すると、『方丈記《モバイル・ハウス・ダイアリーズ》』になります。これを思いついて、『方丈記』現代語訳の方針が決まりました。

『方丈記』だけでなく他の古典もそうですが、千年前の男性知識人、いわばインテリたちは漢字を書いていました。「男もすなる日記といふものを、女もしてみむとてするなり」（『土左日記』）というくらいですから、男は漢字を書き、女は平仮名を書くのが一般的でした。考えてみると、この当時の日本というのは、中国から漢字が伝わってからそれほど時間がたっていません。要するに、漢字は当時の流行りものだったんです。インテリたちは最新の流行に乗って、漢詩や漢文を書いていたわけです。

いまに置き換えると、英語ですよね。インテリっぽい人たちって、やたらと英語を使いたがって、新しいカタカナ英語を続々と出してくるでしょう？　コンセンサスとか、イノベーションとか、エビデンスとか。『方丈記』の漢字をカタカナ英語に置き換えてみる。この方針を立てたら、とても考えやすくなりました。

せっかくなので、各章のタイトルもカタカナ英語にしちゃいました。そもそも原文には章タイトルはありません。というか、章に分けられていませんし、タイトルもついていません。ぼくがわかりやすいようにタイトルをつけたんです。……え、自分勝手すぎる？　これって大事なことですよ。ぼくがわかりやすければ、読者もわかりやすいかもしれないと思って（笑）。

「行《ゆ》く河の流れは絶えずして、しかももとの水にあらず」から始まる第一章は、「リヴァー・ランズ・スルー・イット」です。これは映画のタイトルから取りました。じゃあ、いっそのこと全部、映画のタイトルにちなんじゃおうかなと思いました。……え、適当すぎる？　こんなのは適当でいいんです（笑）！　適当に思いつくときほど、自分のなかにある野性の知恵、リビドーが働いているものですよ。

1　リヴァー・ランズ・スルー・イット：「行く河の流れは絶えずして……」（冒頭）
2　バックドラフト：「予、ものの心を知れしより……」（大火）
3　ツイスター：「また、治承《じしよう》四年卯月《うづき》のころ……」（辻風《つじかぜ》）
4　メトロポリス：「また、治承四年水無月《みなづき》のころ……」（遷都）
5　ハングリー？：「また、養和のころとか……」（飢饉《ききん》）
6　アルマゲドン：「また同じころかとよ……」（地震）

7　マインド・ゲーム：「すべて世の中のありにくく……」（格差）
8　マイ・ウェイ：「わがかみ父方の祖母の家を伝へて……」（隠遁《いんとん》）
9　メイキング・オブ・モバイル・ハウス：「ここに六十《むそじ》の露消えがたに及びて……」（庵《いおり》）
10　ノスタルジア：「今、日野山の奥に跡を隠して後……」（日々）
11　イントゥ・ザ・ワイルド：「また麓《ふもと》に一つの柴の庵あり……」（追想）
12　アー・ユー・ロンサム・トゥナイト？：「おほかたこの所に住みはじめし時は……」（独居）
13　オール・ザット・ナムアミダブツ：「そもそも一期の月影かたぶきて……」（結末）

各章のタイトルをつけたら、もうできたみたいなものです。

千年前の世界をいまに置き換えてみるには、見立てがないといけません。ぼくは『方丈記』については、わからないことよりもわかることに重きをおいて、いまと大して変わらないという見立てで進みました。

ただ、琵琶《びわ》を奏でるなんていうのはなじみがありませんから、ロック調でイメージしました。「ことばにできないグルーヴ。沸《わ》き上がるパッション。すっごく盛り上がるんだぜ。ひとりなんだけどね」というふうにね。原文を守りたい人にとっては失礼な訳かもしれませんけど、でも鴨長明がグルーヴィーだと言ってるから、いいんです。ベンヤミンにならって言えば、正確な訳じゃないかもしれないけど、でも間違ってもいません。訳していて楽しいですしね。

翻訳と小説

ぼくがやっていることで、もしかしたらベンヤミンに怒られるかもしれないことがあります。じつは、ぼくにとって翻訳は、小説の延長上にあります。ぼくは翻訳する作品に出てくる人間を小説の登場人物として書いています。キャラ設定ができないと、翻訳できないんです。ベンヤミンは、翻訳は小説だとまでは言っていません。

ぼくにとって、「教育勅語」を翻訳することは、小説『教育勅語』を書くことと同じです。『論語』の翻訳は小説『論語』を、『方丈記』の翻訳は小説『方丈記』を書くことです。小説は、登場人物がどういう人間か、どんなときにどういう発言をするか、理解できなければ書けません。だからキャラクターを設定することが大事になります。翻訳も同じです。「教育勅語」なら明治天皇、『論語』なら孔子、『方丈記』は鴨長明。その人のイメージや感覚がつかめないと、彼らの言葉を訳すことはできません。先ほどお話しした、「なぜこの人はここでこんなことを言うのだろう」という疑問は、小説のキャラ設定に通じます。

孔子の性格をつかむのは時間がかかりました。難しい人です。でも、いまや友達ですよ。「ちょっと、森友問題ってどう思う？」なんて毎日話し合っています。孔子もするする答えてくれます。

鴨長明はいまっぽく表記を変えてカモノ・ナガアキラ、通称カモちゃんになってもらいました。カモちゃんは夜中に一人で琵琶を弾いたりして、ちょっと暗い。でもその気持ち、わかるわかる。最後はちょっとかっこつけすぎだけど、でもそんなところも愛《いと》おしく思えるくらい、近くにいます。

明治天皇には「教育勅語」をラジオ放送で読んでもらいました。ちょっと態度が悪い感じです。だって「教育勅語」って、総理大臣の山県有朋《やまがたありとも》たちが部下に書かせて、明治天皇に発表させた文章です。たぶん明治天皇はうんざりしていたと思うんですよね。山県のこと嫌いだったらしいし。

明治天皇は自分が傀儡《かいらい》であることを知っていて、山県が言うことを「はいはい」と受け流していた。だから「教育勅語」を読むときも、すこし反抗的です。「はいはい、読んであげますよ。私は好きで読んでるんじゃありませんけど」って、ふてぶてしい感じでね。それを聞いているお付きの人が「まずい。こんな読み方じゃ、国民の反発食らうよ。天皇はよっぽど『教育勅語』が嫌だったんだね……」と溜息《ためいき》をつく。すると山県有朋が「いいんだよ、反発するくらいで」と余裕をかましている。ぼくはそういう小説の一節を思い描きながら翻訳しました。

たぶん、ふつうの翻訳の多くがぼくにとって物足りないのは、ただ訳しているだけで、小説になっていないからです。キャラが立っていないんですよね。キャラ立ちする翻訳なんてものを目指しているのは、ぼくくらいかもしれない。でも、そういう翻訳があってもいいですよね。

翻訳は、一枚の皿が割れた、破片です。いろんな破片が生まれるように、明治天皇像も、孔子像も、鴨長明像も、いろいろあっていいんです。キャラが立てば、その人が自分の近くにやってきます。遠くにあった世界が、生き生きと目の前に広がります。そうすれば、ぼくたちは世界をより理解できる。これが翻訳が持っている、底知れない魅力ではないでしょうか。

大きな一枚の皿

翻訳は創作だと言われることがあります。そのとおりです。ぼくにとって翻訳は小説です。普段、小説を書いているときよりも、むしろ翻訳してるときのほうが小説モードかもしれません。

ぼくはいつも原文より翻訳が長くなります。『論語』なんて、原文の十倍くらいになったものもあります。どうして長くなるかっていうと、ふつうに疑問に思った部分を全部書いていくからです。この部分はぼくの捏造《ねつぞう》ではなくて、読んで、考えて、読んで、考えて、読んで、考えて、もうこれ以外にはありえないというところまで考えてつくり上げるものです。これって、小説なんですよね。

小説は、小説家が適当にでっち上げた世界だと思われがちですが、じつは厳密につくられています。最初に世界を設定して、その設定から逃げずに、設定のなかで自由に書いていく。それが小説家の仕事です。

世界がそこにあって、その世界のなかで小説家が書いていく。ほら、翻訳に似ていますよね。原文がそこにあって、原文から逃げずに、原文のなかで自由に書いていく。そして、その自由を押し広げて新しい作品を生み出すことが、翻訳者の使命です。

この感覚を持つ小説家は少なくありません。翻訳っぽい文章を書く小説家っていますよね。それは、翻訳の文体や外国語の文章に影響を受けたという以外に、ものの考え方が翻訳的だということがあります。作品世界は、小説家のなかに泉のように湧いてくるのではありません。小説家のそばに原文があって、小説家はそれを日本語に翻訳しているんです。

ぼくは調子がいいとき、ぼくの傍らにある原文をどんどん訳していけます。調子が悪くなると、傍らにあったはずの原文がどこかに消えてしまいます。そういうとき、ベンヤミンが言ったことを思い出します。

一枚の皿が割れた。破片がそこらじゅうに散らばっています。同じ形の破片は一つとしてありません。ぼくはそのなかの一つの破片を書こうとしています。ある人はぼくの破片の近くにある破片を書こうとしていて、またある人は遠くにある破片を書こうとしています。ぼくたちが書こうとしている破片の先には、一枚の皿のような全体がある。翻訳であれ、小説であれ、ぼくたちはそれぞれの仕事をしながら、じつはみんな、ものを読み書く共同体という全体性のなかにいるのです。

ベンヤミンは一枚の皿と言いました。だけど、皿の大きさについては触れていません。本当はとても大きな皿で、翻訳や小説を含むあらゆる表現が、大きな一枚の皿から生まれた破片なのかもしれない。ぼくはそんなふうに思います。ものを読み書くとき、このことにいつも驚かされます。

みなさんにも驚かされてほしいなとぼくは思います。今日は「教育勅語」『論語』『方丈記』を通じて、ぼくの翻訳についてお話ししましたけど、みなさんも自分で訳してみてください。翻訳って、おもしろいですよ。それではまた。

質疑応答

【質問1】高橋さんは、カモノ・ナガアキラ、通称カモちゃんというキャラクターを立てて、『方丈記』の翻訳をされました。高橋さんはカモちゃんがお好きですか。

微妙ですね。ぼくはカモちゃんのキャラをつくったんですが、友達にはなれないなって思いながら書いてました。だってこの人、すごく鬱屈《うつくつ》してるでしょう? まあ、カモちゃん程度で友達にはなれないなんて言ってたら、向こうから「お前のほうが問題アリや」って言われそうですが（笑）。鬱屈してるけど、鬱屈してないと『方丈記』なんて書かないですよね。

カモちゃんのクールにものごとを見ているところは好きです。だけど、世をはかなんで出家というか、俗世に嫌気がさして庵にこもっちゃうでしょう? それって綺麗事《きれいごと》っぽくないかな、とぼくは思っちゃうんです。

ただ、小説のキャラクターってそんなに魅力的というわけでもないんです。それぞれの役割があるから、いい人ばかりでいられない。カモちゃんは引きこもって文句ばかり言ってるけど、時代状況を冷静に見る目を持って、自分がどうやって生きていったらいいか、真面目に悩みました。当時としては、がんばったのかなと思います。

『方丈記』を訳した後に思ったんですけど、同時代なら鴨長明より親鸞《しんらん》のほうがおもしろいですね。『歎異抄』は、いまこそ現代語で読んでみたい本ですね。思想書みたいなものですが。一人を翻訳すると、同じ時代の他の人に目が向いて、広がっていきます。

【質問2】私が古典をいちばん勉強したのは大学受験のときです。現代語や英語は実社会に出て実際に役に立っているんですけれども、古語文法は実社会ではほとんど使いません。どうして実社会で役に立たないものが、大学受験という人生の重要な一局面で課せられるのか。文部科学省の意図はどこにあるのでしょうか。

文科省の意図は決まってますよ。無駄なことをやらせているんです。無駄なことを唯々諾々とやってくれる羊ちゃんが欲しいからです（笑）。だから古典文法じゃなくて、穴を掘って埋める試験でもいいんですよ。それだとあまりに頭を使わないので、暗記科目を課しているだけです。それも、できるだけ複雑なものを暗記させようとする。暗記って頭が真っ白じゃないとできないので、言うことを聞かせる人間をつくるにはもってこいです。「こ・き・く・くる・くれ・こ」とか呪文みたいに覚えさせられたんですよね？　古典文法の丸暗記は放っておいて、古典の翻訳をいきなりやってみたほうがいいと思いますよ。

【質問3】僕は海外文学が好きで、翻訳されたものをよく読みます。いまはトマス・ピンチョンの『重力の虹』を読んでいるんですが、すごく難解な文章が多くて、もう少し意訳してほしいなとも思います。ただ意訳することで、原文が持っていた個性や美しさが失われるというのもわかります。高橋さんは原文も翻訳もどちらも正しいとおっしゃいましたが、トマス・ピンチョンが日本語で意訳されたものを読んで、それを間違っていると言った場合、それでもその翻訳は正しいのでしょうか。

とても本質的な問いですね。

「間違っている」と言われたら、「ごめんなさい」と言うしかないです。ピンチョンの場合は原文が難しいから、しょうがないですね。

先ほどお話ししたことと矛盾するようですが、なんでもわかるようにするのはおかしいんです。ぼくは、わからないことを防御に使っているような文章は、容赦なく翻訳して、隠れたメッセージを明らかにしたいと思います。けれど、わからないことを本質に持ち、それが作品の良さであるような文章は、「わからなさ」を大切にします。

ベンヤミンにならって言えば、一枚の皿である原作をぐちゃぐちゃに割って、わかる形に再構成するのが翻訳ですが、そこで「わからなさ」という原作の味を消してしまったら、それは原作の再構成というより、原作の破壊ですよね。ピンチョンの小説や、一部の詩など、「わからなさ」を本質に持つ作品があります。そういうものは「わからなさ」を残して翻訳しなくてはいけません。難しいところですが。

まあ、ピンチョンがわかったらいいのかというと、ねえ? 『メイスン&ディクスン』を訳した柴田元幸さんだって、「なんだろうね、これ」って言ってましたからね。柴田さんがわからないと言ってるんだから、わからなくて大丈夫ですよ(笑)。

【質問4】僕は『方丈記』の冒頭が好きです。「行く河の流れは絶えずして、しかももとの水にあらず」。鴨長明は一行でキメてるなと思うんです。それを高橋さんは「あっ」から始めて、五行もかけて書いています。どういうお考えだったのでしょうか。

あっ。
歩いていたのに、なんだか急に立ち止まって、川を見たくなった。
川が流れている。
そこでは、いつも変らず、水が流れているように見える。けれども、同じ水が流れているわけではないのだ。あたりまえだけど。

（「方丈記」高橋源一郎訳『池澤夏樹＝個人編集　日本文学全集07』）

どうしていきなり「行く河の流れは絶えずして」なのかなと思ったんですよね。鴨長明がどうやってそこに辿《たど》り着いたのか、引っかかったんです。だから、原文には書かれていない情景を補いました。描写することで鴨長明がつくっている『方丈記』の世界がはっきり見えてきます。

鎌倉時代に書かれた鴨長明の『方丈記』にたいして、ぼくは小説『方丈記《モバイル・ハウス・ダイアリーズ》』を書いていました。小説『方丈記《モバイル・ハウス・ダイアリーズ》』のなかに鴨長明がうごめいています。ぼくはそれを描写しなくてはならない。すると最初のシーンは、「行く河の流れは絶えずして、しかももとの水にあらず」というモノローグではなく、呟《つぶや》きや描写から始まらないと成り立たないと思ったんです。

八百年ほど前の人が「リヴァー・ランズ・スルー・イット」って言いませんよね。すると、これはいつ？　八百年前？　現代？　時空間がおかしいですよね。つまり、これは虚構の空間です。想像力がつくった特殊な場所なんです。

まず原作の『方丈記』があって、ちょっとくだけた世界に『方丈記《モバイル・ハウス・ダイアリーズ》』もあって、こういったものが集まって、一つの大きな世界があるんだなと思っていただければいいです。

徒然草
五感をフル稼働させて書いた

内田樹

［徒然草］

鎌倉時代後期の元徳《げんとく》二（一三三〇）年〜元弘《げんこう》元（一三三一）年頃成立したとされる、日本三大随筆の一つ。兼好《けんこう》作。全二四四段から成る。内容は多岐にわたり、作者の見聞談、無常観に基づいた随想、人生訓など、人間や社会への鋭い洞察が平易で美しい文章で綴《つづ》られている。兼好は三十代のはじめ、後二条天皇崩御の後出家し、比叡山横川《よかわ》で隠遁生活を送り、歌人としても知られていた。序段冒頭の「徒然なるままに、日ぐらし硯《すずり》に向かひて……」、「仁和寺にある法師」（五二段）、「高名の木登り」（一〇九段）、「花は盛りに」（一三七段）など、現代にも知られた話が多い。

音読＝同期

『徒然草《つれづれぐさ》』を訳したのはわずか半年前のことなのに、五年も十年も前のような気がします。今日こんなふうにお呼び出しがかからなかったら、自分で訳したことさえ忘れてしまっていたかもしれないくらいです。あまりにも記憶がおぼろげなので、ここに来る新幹線のなかで読み返してきました。読んでいるうちに、だんだん思い出してきました。まず、現代語訳するときにぼくはどんなことに配慮したか。そこからお話ししていきます。

「日本文学全集」シリーズの『古事記』のまえがき（「この翻訳の方針——あるいは太安万侶《おほのやすまろ》さんへの手紙」）に、池澤夏樹《いけざわなつき》さんがこう書いています。

安万侶さん、これを訳し終わって思うのは、あなたの時代とその後では「読む」という行為の意味がすっかり変わってしまったということでした。

あなたの時代にはまだ「読む」とは声に出すことだった。編集中のあなたは筆を手に黙って目だけで文字を追ったかもしれませんが、それとは別にテクストは折りに触れて大きな声で朗誦されたのではありませんか？（中略）そういう場面をぼくは想像したいのです。

（「古事記」池澤夏樹訳『池澤夏樹＝個人編集　日本文学全集01』）

池澤さんは、音読を支援する現代語訳を考えたということですね。これは「日本文学全集」の翻訳者たちに向けた、池澤さんからの暗黙の指示である。ぼくはそう受け取りました。音読に耐える文章とは、息づかいと音韻です。リズミカルな息づかいで読み進められること。そして、音と響きがよいということ。

中学校や高校の古典の参考書を読むと、現代語訳がついていますけれど、これはまったく音読を想定していません。文法的、語義的には正確なんでしょうけれども、とてもすらすらとは読み進められる質のものではありません。黙読でさえひっかかるのに、まして音読なんてとても無理です。でも、本来、文学作品は音読されるものではないかと思います。

神戸女学院大学の元同僚で、近代文学研究者の飯田《いいだ》祐子《ゆうこ》さんから聞いた話ですけれど、飯田さんが大学のゼミの学生たちに樋口一葉《ひぐちいちよう》の『たけくらべ』を読ませたことがあるそうです。学生たちは黙々と読み始めましたが、意味がわからないと言う。そこで飯田さんは、一人の学生に音読させたそうです。そうしたら、学生たちは「わかった！」と言い出した。黙読してもわからなかったものが、音読したらわかってしまった。

一体何がわかったのでしょうか。意味がわかった、というのとは違うと思うんです。読んでわからないものは聴いてもわからない。でもわかったことがある。それは樋口一葉の息づかいですね。一葉が『たけくらべ』を書いていたときの呼吸がわかった。呼吸のリズムがわかると、体感が伝わってくる。うまくすると、皮膚感覚や内臓感覚が読み手に伝わってくる。音読というのは知性的な理解のレベルとは違うところで書き手と読み手の同期をもたらす。

これが文学の力だと思います。読み手は、そこに書かれてある物語の世界にいきなり入り込むことはできません。物語世界に入り込む前に、作家がいます。読み手は、書き手の身体に同化していくことで、書き手から見えた物語世界を経験する。

これは驚くべき経験です。たとえ自分のなかに根拠も見覚えも手がかりもないようなことであっても、作家が書こうとしていた世界がしだいに実感されてくる。自分では経験したことのない、自分では想像が及ばないはずの世界に手が触れる。その世界の空気が肺に入ってくる。

身体がわかればしめたもの

今お話ししたことは、翻訳者としてのぼくがずっと感じてきたことでもあります。ぼくは長い間、エマニュエル・レヴィナスというフランスの哲学者の文章を翻訳してきました。何千ページか訳したと思います。最初にレヴィナスの原文を読んだときにはまったく意味がわかりませんでした。仕方がないので、原文を翻訳することにしました。フランス語の意味がわからないまま日本語に置き換えるのですから、ほとんど写経みたいなものです。でも、まことに不思議なもので、どんなに意味のわからない文章でも、そうやって書き写していくうちに体感が合ってくる、呼吸が合ってくる。頭には入ってこないけど、身体には入ってくる。叡智《えいち》的にはわからないけど、身体的にわかってくる。僕の脳はレヴィナスの脳内の思念を理解できていないのだけれども、ぼくの身体が書いているレヴィナスの身体と同期し始める。

身体的にわかるということは、どう説明すればいいんでしょう。たとえば、こういう状況ってありますでしょ。「この人、誰だっけ？　前に会ったことある。喉まで名前が出かかってるんだけど……。ああ、思い出せない！」こういうもどかしさってありますよね？　喉まで出かかっているんだけれど、うまく言葉にならない。あの感じです。

翻訳の場合、ここまで来れば、なんとか峠を越したことになります。人の名前を思い出せないときも、ひょんな弾みで思い出したりすることがあるでしょう？　ちょっとお茶を飲んでいるときなんかに、「あ、思い出した！」ってことがありますよね。これが、身体感覚が言葉になるということです。

わからないけど好き

ですから、『徒然草』の翻訳で、最も気を遣ったのはリズムでした。すらすらと読んでいるうちに、気がついたら読み終わっていた、そういう訳文を目指しました。そのリズムをどうやって取るか。

古典においてリズムを妨げるものはなんでしょうか。それは注ですね。せっかく本文を読み進めているのに、注が打ってあると、ページの下とか何ページか先の章末の注記に目を移さなきゃいけなくなる。リズムを妨げる第一の障害は注である、と。

実は、はじめは僕も脚注をつけていたんです。難しい単語が出てきたら、辞典を引いたり、過去の現代語訳を調べたりして、けっこう膨大な脚注をつけていました。だけど途中で、止めてしまった。

研究書を読むと、研究書の脚注でも『徒然草』はあちこち「不詳」があるんです。そりゃそうですよね。鎌倉時代の末期、一三三〇年頃に書かれているんですから。今から七百年前です。鎌倉時代以来『徒然草』についてはたくさんの研究がされてきました。江戸時代にも国文学者たちによる注釈書もいくつか書かれています。でも、江戸時代の専門家が読んでも「不詳」なんです。だって、兼好法師《けんこうほうし》って、例外的な物知りだったんですから。例外的な物知りということは、同時代の読者だって兼好に「周知のように」と書かれても意味がわからないという人や誤読した人が何人もいたはずだということです。当然、それから数百年経った江戸時代の学者でも意味がわからないところがあちこちにあった。江戸時代の国文学者にわからなかったことが七百年後の現代人にわかるわけがない。そう思ったら、気が楽になりました。

外国のロックやポップスを聴いているとき、歌詞の意味はわからないけど、サウンドが好きになって、つい踊り出したり、鼻歌で歌ったりするようになることがありますよね。意味がわからないと好きになれないなんてことはありません。

考えてみたら、よく知っているはずの日本語の歌だって同じです。アジカン（アジアン・カンフー・ジェネレーション）のゴッチ君（後藤正文《ごとうまさふみ》）から時々CD頂きますけれど、彼が何言っているのかわからないところたくさんあります。でも、ゴッチいいなぁと思って聴いています。桑田《くわた》佳祐《けいすけ》だって忌野清志《いまわのきよし》郎《ろう》だって大瀧詠一《おおたきえいいち》だって、歌詞が聴き取れないところ多々ありますけれど、それは僕が彼らの歌を愛聴することをいささかも妨げない。

前に、在職中に、ぼくのゼミ生が卒論で面白い研究をしました。女子学生数十人に、ファッション誌の一ページのコピーを渡して、「知らない言葉にマーカーでチェックを入れてください」というアンケートを取ったんです。すると、ファッション誌に出てくる単語のかなりが女子学生たちにとっては意味不明だったことがわかった。確かにファッション誌は英語、イタリア語、フランス語、いろんな言語であふれかえっています。女子学生たちはまさにそのようなファッション誌の記事の想定読者なわけですけれど、その想定読者がかなりの割合の単語については「意味を知らない」まま読んでいる。でも、それで困るということはない。書く方も、「こんな言葉、普通の学生は意味知らないだろうな」と思いながら書いている。読む方も意味がわからないまま楽しく読んでいる。別に誰も困らない。

古典文学もそれと同じだと思うんです。それと同じで構わないじゃないかと思うんです。意味はわからないけど、すらすら読み進められるなら、それでいいじゃないか。ファッション誌を読んでいる女子学生たちが意味のわからないはずの単語を軽快に読み飛ばしながら読んでいるのを「そういう読み方は間違っている」と批判する人はいませんよね。兼好法師だって「君ら凡人には、こういう難しい話はわからんだろう」と思いながら書いている。だったら、わからないところは、わからないでいい、と。そういうわけで一度つけた脚注は全部消しました。一つ一つの語の語義を明らかにしながら読み進むというのではなく、リズムに乗って一気に読んでもらえる現代語訳をつくろうと考えました。

わからないから好き

そうやって『徒然草』を読み進めると、ここに収録されたエッセイがいくつかのカテゴリーに分けられることに気づきました。

一つは「説教」です。兼好法師って偉そうな奴なんですよね。人は物をたくさん持っちゃダメだとか、仏道に帰依しちゃいけないとか、早く死んだほうがいいとか、財を貯《た》め込むなとか、読者に説教をかましてきます。説教はお話としてはつまらないけれど、意味はわかりやすい。

二つ目は「自慢話」。兼好法師って自慢するんですよ。とにかく知識自慢が多い。「俺は朝廷の人たちも知らないような有職故実《ゆうそくこじつ》や故事来歴を知っている。すごいだろう」という話があちこちに出てきます。そういう知識をひけらかす系のエッセイが全体の三割くらいを占めています。

でも、読者としては対応は簡単で。「そうなんですか、すごいですね」と言っていればいいわけです。兼好法師は、自分と読者との圧倒的な知識の差を誇示するために書いているんです。「兼好さんは物知りだなぁ」とぼくらに思わせたくてしかたないんです。だったら、感心してみせればいいじゃないですか。書き手の衒学《げんがく》趣味をしみじみ味わう上では、その「難しい話」を難しがればいい。わからない話は「全然意味わかんないです」と笑いながら読めばいい。

三つ目は「不条理」です。これも「わからないものをわからないままに楽しめばいい」んです。ただ、「自慢話」と違うのは「不条理」は兼好法師自身も自分がどうして「そんなこと」を記録する気になったのか、よくわからないで書いていることです。

「自慢話」も「説教」もあまり面白くない。説教は意味がわかって面白くない。自慢話は意味がわからなくて面白くない。「俺はこんなに学識がある」「私らにはありません。どうもすみませんね」で終わり。それ以上話が進展しないし、深まることもない。つまらない。

でも、書いている兼好法師自身が意味がよくわかっていない話は、ぼくらももちろん意味がわからないわけで、「なんだかよくわからない」という片付かない気持ちを作家と読者が共有できる。これが面白い。

たとえば、悲しいときに月を見るとか、恋をすると歌を詠んで贈るとか、物語の世界のなかには、その時代や文化に特有の図式がありますね。そういった図式を共有していれば、誰かが月を見たら「この人は悲しいのだな」とか、誰かが歌を詠んだら「この人は恋をしているんだな」とか、理解できます。書き手と読み手の間で、描写と鑑賞と評価の図式を共有していれば話は簡単です。古典や外国文学が手ごわいのは、時代や地域が離れている書き手とは、読者がこの図式をなかなか共有できないからです。

ところが、「なんだかよくわからないもの」に直面したときの戸惑いには、時代差も地域差も関係がない。昔の人が経験しても、現代の人が経験しても、同じように不条理なんです。人が七百年前に目の当たりにした「なんだかよくわからないこと」は、今のぼくにとっても理不尽で不条理で片付かない「なんだかよくわからないこと」です。だから、兼好法師自身がなんでこんなことを書いたのかわからないで書いたものを読むとき、読者は兼好法師と同質のリアリティを経験していることになる。

『徒然草』が長く愛されてきた理由の一つは、この「なんだかよくわからないもの」を作家と読者が共有できたことにあるとぼくは思っています。

密室にこもった女、現場を歩いた男

四つ目のカテゴリーは「本歌取《ほんかど》り」です。『徒然草』は、先行作品である『枕草子《まくらのそうし》』や『源氏物語』に準拠して、自分なりにアレンジした章があります。これは完成度が高いもので、『徒然草』が長く評価されてきた最大の理由はおそらくこういった文学史的な手柄によるものと思われます。

『徒然草』が『枕草子』を細かく踏まえているのはよく知られていますが、『枕草子』と『徒然草』のいちばん違うところは、『枕草子』が宮中で密室にこもって書かれた言葉であるのにたいして、『徒然草』は外を出歩いて書かれた言葉だということです。

清少納言《せいしょうなごん》は、部屋のなかから想像をめぐらせて書きました。あの山の向こうにはどんな景色が広がっているだろう、町の人たちはどんな話をしているのだろう。兼好法師は、足を運んで現場で経験したことを記録します。町へ出て、野へ行き、里へ行き、雪に降られ、風に吹かれ、人の話を聞いて、書きました。つまり、ジャーナリスティックなんです。

子どもの頃の記憶をありありと思い出しながら書いた場面もあります。ずいぶん時間がたった出来事であるにもかかわらず、兼好法師はそれを今ここで起きていることのように書くことができるんです。兼好法師の文章の特徴の一つは臨場感、現場感です。

五感のフル動員

『徒然草』の現場感は五感を刺激するその文体に由来します。これはたいした芸です。なかでも、兼好法師は読者の触覚と嗅覚を刺激することに長じています。

優れた作家と凡庸な作家を区別する一つの基準は、読者の五感をどこまで使わせるか、です。これは現代文学も同じですね。凡庸な作家は、情景を描写するときに、視覚情報に依存します。目に見えるものばかりを細かく描写する。でも、優れた作家は情景を描写するときに、読者の五感を総動員させる。とりわけ触覚、嗅覚、味覚という、比較的プリミティブな感覚を刺激する。

視覚的なイメージを詳細に記述することは、ある程度の言語能力がある人ならできます。聴覚的なイメージも同様です。再現するのが難しいのは、手触りと匂いと味わいです。皮膚に触れるもの、立ちこめた匂い、漂う空気、そういうものを読者に伝えるのはすごく難しい。

大学の授業でこんな課題を出したことがあります。学生たちに任意の小説作品を選んでもらって、その小説の冒頭一ページから視覚的な描写を抜いてしまったら、どんな文章になるか、それを宿題にしました。結果は予想通りでした。学生たちが選んできたほとんどの作品では視覚情報を除いてしまうと、登場人物の「台詞」と、登場人物の行動を書いた「ト書き」しか残りませんでした。つまり、それらの小説の冒頭の記述の大半は視覚情報で構成されていたわけです。

そんななかで、ある学生が持ってきた小説の冒頭は視覚に基づく描写を全部抜いてもほぼ原文のままでした。つまり、ほとんど目に見えるものを書かないままで、情景描写が成立していたということです。それは村上龍《りゅう》の『限りなく透明に近いブルー』の冒頭部分でした。視覚情報がほとんどなくて、音と匂いと手触りと舌で感じたものだけで構成されていた。『限りなく透明に近いブルー』は、村上龍のデビュー作です。テーマがスキャンダラスで、文体が過激だったことで評判になりましたけれど、それ以上に、作家が読者が五感を総動員して物語世界にコミットすることを要求するような文体を、すでに確立していたということがすごいです。

視覚情報では対象と自分の間にかなりの距離があります。人間には瞼《まぶた》がありますから、見たくないものがあれば目を閉じて、情報入力を遮断できます。聴覚はそれができません。耳蓋ってありませんからね。目に比べると、耳は受動的な器官なんです。触覚や嗅覚や味覚はもっとそうです。耳に入ってくるのは空気の波動ですけれど、皮膚や嗅細胞や味蕾《みらい》に触れるものはもっとはるかにダイレクトです。触れるもの、香るもの、味わいのあるものとは距離を保ったり、侵入を防いだりすることができません。

ですから、文章が触覚や嗅覚や味覚の参与を求めるものであると、そこで書かれた世界はいきなりリアルなものとして切迫してきます。ですから、この技術を使える書き手はわずかな言葉で読者を一気に物語の世界内に拉致してしまうからです。

兼好法師の筆力はここにあります。文章の技巧的な上手下手というよりは、読者の感覚を立ち上げる力がずば抜けている。読者の五感をフル稼働させることができる作家は、作家自身が日ごろから五感をフル稼働して生きているのでしょう。

これは一般的な『徒然草』の評価とは異なるかもしれません。でも今回訳してみて、あらためてぼくは思いました。五感をフル稼働して文章を書き、読者にもそれを追体験させる力において、兼好法師は卓越しているということです。

兼好法師の「痛み」シリーズ

太宰治《だざいおさむ》に『盲人独笑《もうじんどくしょう》』という作品があります。江戸時代に、葛原勾当《くずはらこうとう》という琴奏者がいました。彼が残した『葛原勾当日記』という本があり、その一部を抜粋して太宰治が少し加筆したものが『盲人独笑』です。当然、視覚情報は何もない。音と匂いと触覚だけで異常なリアリティのある描写が続きます。

特に痛みの描写。葛原勾当は歯が悪くて、歯痛に苦しむんですけれど、読んでいるとぼくの歯まできりきりと痛み出して、身体がきゅっと縮こまってきます。痛みの描写があると、読者はそれを理解しようとして、うっかり自分の身体でそれを追体験してしまうからでしょうね。

兼好法師も読者に痛みを感じさせるのが上手です。『徒然草』第四二段は、兼好法師による痛みの描写の一例です。ぼくの現代語訳を読みますね。

第四二段

唐橋中将《からはしのちゅうじょう》という人の子に行雅僧都《ぎょうがそうず》という真言宗《しんごんしゅう》の教学の専門家がいた。気が上がる病があって、年を取るにつれて鼻の中が膨れてきて、呼吸もままならぬようになった。さまざま治療を尽くしたが、病状は進むばかり。ついには目や眉や額などまで腫れ上がってきて、顔全体を覆いものも見えなくなった。二の舞の面のような恐ろしい鬼の相となり、目は頭頂部近くに付き、額の中程に鼻があった。後には同房の人にも会わず、引き籠もって年を経たが、病がさらに嵩《こう》じて死んだ。

そんな病気もある。

（「徒然草」内田樹訳『池澤夏樹＝個人編集　日本文学全集07』※以下、内田訳）

鼻が額に移動するなんて想像するだに怖いですけれど、でも、読んでいるうちに、鼻がむずむずして、どんどん膨れてくる感じがしませんか。

次も鼻が出てくるお話。「『徒然草』で何がいちばん印象深かった？」と訊《き》くと、多くの方がこれを挙げます。うちの奥さんも「『徒然草』だと、どのお話をいちばんよく覚えている？」と訊いたら、やっぱり「僧が鼎《かなえ》かぶった話」と即答しました。学校で習ったんだそうです。こんな変なお話を教科書に載せてたんですね。

第五三段

これも仁和寺《にんなじ》の法師の話。稚児《ちご》が一人前の僧になる名残りというので、集まって遊びをしようという話になった。酔余の興に乗じた僧がかたわらにあった足鼎《あしがなえ》を頭にかぶった。鼻がつかえるのをむりやり押し込んで、中に顔を差し入れて舞ったら満座の喝采を浴びた。

しばらく舞い遊んだあと、抜こうとしたが、これがさっぱり抜けない。酒宴もたちまち興ざめして、どうしたらよいかと戸惑うばかり。そうこうするうちに首のまわりが傷ついて血が流れ出し、顔が腫れ上がり、息も詰まるようになった。打ち割ろうとするが、簡単には割れない。がんがん響いてとても耐えられない。打つ手がなく、しかたなく三本足の鼎の上に帷子《かたびら》をうちかけて、手を引き杖《つえ》をつかせて、京の医師のもとに行った。道筋で出会った人たちはひどく怪しんでこれを見た。医師のところに連れてきてはみたが、診断することになった医師もさぞや当惑したことだろう。何か言っても音がくぐもって聞えない。「こんなことは医書にも書かれていないし、口伝《くでん》にもない」と医師が言うので、しかたなく仁和寺にとって返し、友人知人や老母が枕元に集まって、さめざめと泣いたが、果たして本人にその泣き声が聞えたようにも思えない。

そうこうしているうちにある者が「たとえ耳や鼻がちぎれても命までは失うまい。力一杯引っ張ってみてはどうか」と言い出したので、わらしべを差し入れて、鉄と頭の間に隙間を作り、首もちぎれるばかりに引いたところ、耳も鼻ももげて穴が空いたが、鼎はなんとか抜けた。法師は危ういところで命を拾ったが、長く患《わずら》ったということである。

（内田訳）

次も「痛み」シリーズから、「猫また」の話。

第八九段

「奥山に『猫また』というものがいて、人を食らうそうだ」と言う人がいた。それを聞いて「山でなくても、猫も劫《こう》を経ると『猫また』になって、人の命をとることもあるということだ」と言う者がいた。何阿弥陀仏《あみだぶつ》とかいう名の連歌《れんが》をする法師が行願寺《ぎょうがんじ》のあたりに住まいしていたが、この話を聞いて、ひとり歩きするときは気をつけなければいけないと思った。折りも折り、あるところで夜遅くまで連歌をして、ひとりで帰ることになった。帰路、小川のふちで音に聞えた「猫また」がまっすぐに法師の足元に寄って来て、いきなり飛びつき、首のあたりを食おうとした。法師は肝を潰して、必死で防ごうとするが、力が入らず、足も立たない。小川の中に転げ込んで、「助けてくれ、『猫また』が出た。あれー」と叫ぶと、家々から松明《たいまつ》をもって人々が出てきた。走り寄ってみると、このあたりの僧である。「どうされました」と川の中から抱き起こしてみると、連歌での懸賞品の数々、扇や小箱など懐《ふところ》にしまっておいたものがみな水に浸《つ》かってしまっていた。法師はありがたくも命拾いしたと、這々《ほうほう》の体《てい》で家に戻った。

飼っていた犬が、暗がりの中、主人が帰ってきたのを知って、喜んで飛びついたのである。

（内田訳）

「猫また」って何なんでしょう。よくわからないけど、「帰路、小川のふちで音に聞えた『猫また』がまっすぐに法師の足元に寄って来て、いきなり飛びつき、首のあたりを食おうとした」なんて畳みかけられたら、そうか！「猫また」ほんとにいるんだ。それが来た！怖い！危ない！と、ドキドキするじゃないですか。最後にさらっとオチをつけますけれど、そこまで引っ張るこのサスペンスは大したものです。

兼好法師の「覗き見」シリーズ

次は覗《のぞ》き見《み》のお話です。兼好法師という人は年がら年中、他人の家に忍び込んでいるんですよね。見ず知らずの他人の家の庭に入って、物陰に隠れて、その家の人がどんな様子で暮らしているか、じっと覗き見ている。これ、今なら家宅侵入罪ですよ。でも、そんな段が三つもあります。これも『枕草子』との違いですね。外に出ないと、他人の家を覗き込む現場主義は実践できませんからね。寺山修司《てらやましゅうじ》はもしかしたら『徒然草』の影響を受けたんじゃないでしょうか。

第四三段と第四四段をご紹介します。どちらも覗き見をして、若い男のあとをつけていくお話です。ただし、これらは五感のフル稼働という点でもすばらしい段なので、感覚を澄ませて読んでみてください。

第四三段

晩春の頃、のどやかで風情ある空の下、たまさか通りがかった賤《いや》しからぬ家の奥深くに木立が鬱蒼《うっそう》として、庭には散り萎《しお》れた花が積もっていた。見過ごしがたく、庭のうちに踏み入ってみると、南面の格子《こうし》はみな下ろされて寂しげであるが、東に向いた妻戸《つまど》だけがいい具合に開いている。御簾《みす》の破れから覗《のぞ》いてみると、二十歳くらいの美貌の男が、寛《くつろ》いだ様子で、どこか上品なさまで、ゆるゆると机の上に拡げた文を見ている。

どういう素性の人なのだろう。

（内田訳）

「どういう素性の人なのだろう」って、そんなのあんたの知ったことじゃないだろうと思いますけどね。

第四四段

粗末な竹の網戸の中から若い男が出て来た。月影に色合いは定かではないが、艶《つや》のある狩衣《かりぎぬ》に、濃紫《こむらさき》の指貫《さしぬき》といういかにも由緒ありげな衣をまとい、小さな童《わらわ》ひとりを具している。はるかに続く田中の細道を、稲葉の露《つゆ》に濡《ぬ》れながら歩きつつ、笛をすばらしい技巧で無心に吹いている。こんなところで名人芸を披露しても聞き分ける人もあるまいにと思うと、どこに行く人なのか知りたくなった。あとをついてゆくと、笛の音が止《や》んで、山の麓《ふもと》の惣門《そうもん》のある家の中に入っていった。榻《しじ》に轅《ながえ》を立てて止まっている牛車《ぎっしゃ》が見える。このあたりでは目にすることのあまりないものだ。下人《げにん》に訊《き》いてみると、「しかじかの宮がおいでになる頃ですから、御仏事などありますのでしょう」と答えた。

なるほど、御堂《みどう》のかたわらに法師たちが参集している。夜寒の風に誘われて漂ってくる空焚《そらだ》きの香の匂いも身にしみる。寝殿から御堂の廊に通う女房が追風《おいかぜ》を用意するなど、人気ない山里にも似ない心遣いである。手入れもされないままに生い茂っている秋の野のごとき庭はしたたる露に埋もれ、虫の音は途絶えることなく、遣《や》り水の音が遠く聞こえる。雲の行き来も都の空より心なしか速く、月は雲間から出たと思うとまた雲に覆われて定めがたい。

（内田訳）

いかがでしょう？　第四四段の後半、なかなか見事でしょう？　「人気ない山里にも似ない心遣いである。手入れもされないままに生い茂っている秋の野のごとき庭」という視覚情報から入り、「したたる露」で触覚を喚起し、「虫の音は途絶えることなく」「遣《や》り水の音が遠く聞こえる」で聴覚に訴える。すると、とたんに視線が上のほうに切り替わり「雲の行き来も都の空より心なしか速く、月は雲間から出たと思うとまた雲に覆われて定めがたい」と遠くの視覚情報に移る。庭の景色、露の手触り、虫の鳴き声、水の音、そして月と雲。連続的に感覚がフォーカスする対象が移動してゆく。いや、みごとなものです。

兼好法師の「不条理」シリーズ

そして、次は兼好法師の大好きな「なんだかよくわからないもの」シリーズです。これが『徒然草』の文学作品としての最大の魅力ではないかと僕は思っています。この話で、書き手と読者の間の距離感が一気に縮まるのです。では、「不条理」シリーズ。

まず第六〇段です。ここに出てくる盛親僧都《じょうしんそうず》は兼好法師が最もお気に入りの人物のようです。他の段にも出てきます。

第六〇段

真乗院《しんじょういん》に盛親僧都《じょうしんそうず》という卓越した智者がいた。芋頭《いもがしら》というものを好み、大量に食した。談義の座でも、大きな鉢にうずたかく盛って、膝元に置きつつ、食いながら文を読んだ。病気になると、七日、十四日間、療治と称して引き籠もり、思うさまよい芋頭を選んでこれを貪り食って万病を治した。ひとりだけで食べて、誰にも分け与えない。貧しい身だったが、師匠が死ぬときに銭二百貫と僧坊一つを遺贈した。僧はこの坊を百貫で売り、あわせて三百貫を芋頭用の銭と定め、これを京にいた人に預け、十貫ずつ取り寄せて、芋頭を思う存分食べて、一生をかけてその三百貫を使い果たした。「貧しい身で得た三百貫を芋頭だけで使い果たすとは、まことに得がたい道心者である」と人々は評した。

（続く）

この話を聞いたとき、兼好法師も当惑したわけですよね。だいたい芋頭《いもがしら》って何？　なんだかよくわからないけど、こいつすごい！　って。でも、すごいんだけど、どこがどうすごいのかうまく言えない。なんでも知っていてなんでも説明しちゃう兼好法師が、自分の感動をうまく説明できないでいる。そこがいいですね。

この芋頭ばかり貪り食った盛親僧都が、なぜ智者だと言われるのでしょう? 兼好法師は、さらなる逸話を披露します。

（承前）この僧がある法師を見て「しろうるり」というあだ名を付けたことがあった。「『しろうるり』とはどんなものですか?」と人が問うと、「俺もそんなものは見たことがないが、もしそんなものがあれば、きっとこの僧の顔に似ているだろう」と答えたそうである。

『徒然草』のなかでいちばん好きな箇所を選べと言われたら、僕はここを選びます。「しろうるり」が何なのか、書き手も読み手も、登場人物さえわかっていないのに、妙に生々しいリアリティがある「しろうるり」。存在しないものを目の前に現前させるというのは文学者の力業の見せ所です。

この僧は眉目《びもく》秀麗で力が強く、大食で、書を能《よ》くし、学問も弁舌も人に優れて、宗派の重鎮であったので、寺の中でも重んぜられたけれど、世間を舐《な》めたところのある曲者《くせもの》で、何でも好き勝手にして他人の意見に従うということがない。饗応《きようおう》の膳が出ると、全員の前に膳が行き渡るのも待たず、自分の前の膳をぱくぱく食べて、帰りたくなるとさっさと帰ってしまった。斎《とき》も非時《ひじ》も食事は人と一緒に摂《と》らず、自分が食べたいときには夜中でも明け方でも食べて、眠たくなると昼でも寝てしまう。どんな大事があって起こしても起きず、目が覚めると幾晩も夜を徹して心を澄まして高歌《こうか》放吟《ほうぎん》して歩く。とにかく尋常ならざる人であったけれども、なぜか誰からも嫌われず、何をしても許された。至徳というものであろう。

（内田訳）

「芋頭」も「しろうるり」もわからないし、盛親僧都がなぜ偉いのかもよくわからない。兼好法師にわからないものが、われわれにわかるはずがない。仕方がないので、「至徳というものであろう」で最後は無理やりまとめていますが、まあ、僕たちもそれでつい納得してしまうわけです。次も変な話。

第九〇段

大納言《だいな》法印《ごんほういん》の召し使っていた乙鶴丸《おとづるまる》が「やすら殿」という者と親しくなって、頻繁に行き来していた。あるとき出先から帰って来たのを法印が「どこに行っていたのだ」と問うてみると、「やすら殿のところに行っておりました」と言う。「そのやすら殿というのは俗人か法師か」と重ねて尋ねると、乙鶴丸は両袖をかき合わせて「どうなのでしょう。頭を見たことがありませんので」と答えた。どうすれば頭だけ見ずにいられるのか。

（内田訳）

え、だから何？ ここで話が終わるの？ というか、途中で話が変わってないですか？ 乙鶴丸《おとづるまる》はきっと美少年の稚児だったんでしょう。で、どうやら「やすら殿」という者に寵愛《ちようあい》していた乙鶴丸をとられた大納言法印《だいなごんほういん》が嫉妬に狂うお話なのかなと思ったら、「頭を見たことがない」でオチになる。どういうことなんですか？ 兼好法師にもわからない。僕たちにもわからない！

次は第六八段、「芋頭」「しろうるり」に続いて、また野菜が出てきます。

第六八段

筑紫《つくし》の国に、なにがしの押領使《おうりようし》というものがいた。大根を万病の薬だと言って、毎朝焼いた大根をふたつ長年にわたって食べ続けていた。あるとき館から人が出払っている隙を狙って敵が来襲し、館を取り囲んで攻め立てたことがあった。そのとき館の中から兵が二人出て来て、命を惜しまずに戦い、敵をみな追い払った。不思議なことと思い、「日頃この館におられる人のようには見えませんが、これほどの戦いぶりを示してくださったのはどなたでしょうか」と訊《たず》ねて見ると、「長年あなたさまが頼りにして毎朝ふたつずつ召し上がっていた大根でございます」と言って姿を消した。

何ごとも深く信じると功徳がある。

（内田訳）

まず焼いた大根というのがわからない。どういう料理なのか。またその大根がどうして援軍に来るのかがわからない。だって毎朝食べられ続けているわけでしょう？　恨みに思って、化けて出るというのならわかりもするが。兼好法師は仕方なく最後にいかにも教訓譚《たん》のようにまとめました。「何ごとも深く信じると功徳がある」。まあ、そう言われたらそうなんでしょうけれど、こちらの気持ちは片付かない。

生ものをパッケージ

兼好法師がどういう基準でこういう「変な話」を収集したのか、その基準がよくわかりません。わかりませんけど、面白いですよね。どれもオチがない不条理な話です。「世にも奇妙な物語」とかロッド・サーリングの「トワイライト・ゾーン」とか「ヒッチコック劇場」のような奇妙な味のする短編ですね。なまじの解釈を受け付けないというところに、逆にリアリティがある。

ふつうは物語は加工済みのかたちで提供されますね。スーパーマーケットに売られている食肉と同じように、扱いやすく加工されている。その前のです。獣を殺して、皮を剝いで、血を抜いて、肉をスライスして……という工程は消費者の眼には見えない。消費者が見るのはパッケージされて陳列棚に並べられたものだけです。それは文学作品においても変わりません。ほとんどの作品はパッケージされて、商品名が印字されて、値札が貼られた状態で提供される。でも、時々「なまもの」が出現することがある。それが大きな文学的衝撃を与えるわけです。

『徒然草』もそうです。兼好法師はときどき自分が見聞した話を加工しないで、「なまのまま」差し出します。まだ血がついていて、獣の毛が生えているような肉をいきなり差し出してくる。そういう鎌倉時代の「なまもの」が真空保存されていて、いきなり目の前で解凍されて「さあ、どうぞ」と差し出されたような感じがする段がいくつかあります。それが『徒然草』が時代を超えて生命感にあふれ、リアルであり続ける理由ではないかと思います。

質疑応答

【質問1】内田さんの訳された『徒然草』を読んで、人の心がこんなにも違わないものかと思いました。時代、風俗、習慣などが異なっても、心に感じることや考えることは、昔も今も変わらないと思いました。

それはむしろ話が逆で、『徒然草』は日本人の美的感受性の基準をつくったマニュアルみたいなものです。兼好法師が書いたオリジナルを、後世の多くの人が筆写して、それが流布した。「日本人はこういうところに美的感動を得るものである」というカタログみたいなものですから、それが受けたんだと思います。そのカタログが室町時代、江戸時代、明治以降の近代と読み継がれた。

だから、今ぼくらが『徒然草』を読んで「なんだ、現代人と同じだな」と共感するというのは正確ではなくて、現代人の感受性の構造をかたちづくったのが『徒然草』のほうなんです。

【質問2】翻訳にあたってご苦労された点は？

苦労はあまりしませんでした。苦労をしなかったのが驚きなんです。ぼくなんか古典の勉強をしたのは、大学の受験勉強のときが最後です。それから半世紀、古典なんてまともに読んでいませんでした。そんな門外漢の僕が、古語辞典をかたわらに置いて訳し始めてみたら、すらすらと訳せてしまった。

でも、そんなことできる人いくらでもいると思うんです。おそらく現代日本人の三割くらいの人は、古語辞典一冊あれば『徒然草』のほとんどは訳せると思うんです。精密な訳はできないかもしれないけど、だいたいこういう話だという翻訳ならつくれます。でも、よく考えると、これはすごいことなんです。

たとえば、韓国は戦後ハングル一元化に移行し、一九七〇年には政府が「漢字廃止宣言」を発令しました。今、韓国ではほとんど漢字を目にすることがありません。ですから、今の若い人たちは、漢字はもう自分の名前くらいしか書けない。ということは自分の祖父母の代まで遡ると、もう日記も手紙も読めない。一九七〇年以前に書かれたテクストがもう読めないわけですから、七百年前の文学作品なんかまるで解読不能です。

ベトナムも事情は同様です。ベトナムの文字は日本でいう国字に当たるチュノム（字喃）と漢字のハイブリッド言語でしたけれど、十七世紀にヨーロッパの宣教師がベトナム語をラテン文字で表記する「クオック・グー」という表記法を広めたので、現代のベトナム語はアルファベット表記になっています。ですから、現代のベトナム人は専門的な教育を受けた学者以外は、チュノムと漢字で書かれた自国の古典を読むことができません。

中国だって、大陸は簡体字になってしまいましたから、繁体字で書かれた古典を普通の人は読むことができない。

それがアジアでは普通なんです。自国の古典を普通の人が辞書一冊あればすらすら読めて、「なんだ、現代人と同じじゃないか」というようなことが言えるのは日本くらいなんです。自国の古典のアーカイブにアクセスする能力において、日本は大きなアドバンテージを持っている。これは誇っていいことだと思います。

【質問3】以前、赤坂真理《あかさかまり》さんと松岡正剛《まつおかせいごう》さんの対談のなかで、内田先生のことが話題に上がりました。内田先生が文章を書くとき、テープレコーダーが再生されるように言葉が頭に浮かぶので、それを書き留めるだけでよい。そうおっしゃっていたと聞きました。翻訳の場合も、兼好法師やレヴィナスが降りてくるような感覚で文章ができるのでしょうか。

今回の翻訳では、兼好法師は別に憑依《ひょうい》されなくても訳せたみたいです。ぼくとキャラクターが似ているんです。意地が悪くて、嫉妬深くて、かっこつけで、自己顕示欲が強くて……そういう男のいやらしさが丸出しな男ですから。でも、そういう自分の欠点を自覚していて、それをなんとか乗り越えようとしている。その辺がちょっと屈折しているんです。さんざん衒学的なことを書いておきながら、「人前で学を誇るのは恥ずかしいことだ」なんて説教する。「その口が言うか?」というようなことばかり言っている。でも、兼好のそういうところがぼくは好きなんです。わかるわかる! と共感しながら訳しました。

レヴィナス先生は僕とはまったく人間のできが違うので、共感するということはないんです。ですから、それこそ憑依でもしてもらわないと訳せない。

【質問4】第六八段の大根の話が、超現実的で面白いです。これは、兼好法師が超現実的な話を書いてみようとしたのか、それとも当時は超現実的なことが「うん、こういうことってあるよね」と当然のように受け入れられるものだったのか。僕がこの話を超現実的だと思ったのは、現代人として科学的整合性に囚われているからでしょうか。

いくらなんでも大根が助っ人に現れるというのは、この時代の人にとっても超現実だったと思いますよ。でも、こういう話に親しみを感じて語り継いだ人がいて、多くの人に伝播《でんぱ》していったことは間違いありません。「うん、こういうことってあるよね」という感じでね。大根というところが可愛《かわい》いですよね。こういう野菜を人格化して、親しみを感じるのは日本列島固有のものではないかと思います。温帯モンスーン気候は、人間にたいして宥和的《ゆうわてき》ですからね。

ヨーロッパでは、人間が何もしなくても、自然のなかに食べ物があって、それを採って食べればなんとかなるというようなことはありません。遊牧民の場合だったら、人間が計画的に羊や牛を交配して繁殖させなければ、財産は増えない。自然をどうやってコントロールするかが種族的な課題になる。自然と闘い、自然を征服し、制御することがイコール生産であるわけです。こう言ってよければ「対立的な自然観」です。でも、日本列島では、一粒種を蒔《ま》いたら千倍の稲になって戻ってくるという環境なので、自然は圧倒的な贈与者として登場する。人間がさして努力しなくても、豊かな恵みが贈られる。日本列島の自然は「贈与的な自然」です。肥沃な土地があって、森が深くて、植生や動物種が多様で、雨が多くて、水量が豊かで、水が美味《おい》しくて、風が汚れを吹き払ってくれる。住民にたいして自然がたいへんフレンドリーである。それが日本人の自然観や宗教性に深いところでつながっています。

ですから大根の話も、超現実というよりも、日本人の宗教性を語る一つの逸話と見てはいかがでしょう。これに類する話をキリスト教やイスラム教やユダヤ教のような一神教の世界で探すのはけっこうたいへんなんじゃないかな。

【質問5】内田先生は自分の文体をどのようにして作りましたか。モデルにした作品はありますか。

基本的に、文体の構成は模倣から始まります。誰でもそうだと思います。僕もいろんな先人の文体を模倣しました。

最初に影響を受けたのは北杜夫《きたもりお》です。小学校五年生のときに『どくとるマンボウ航海記』を読んで、数年間は北杜夫みたいな文体で書いていました。高校生以降で大きな影響を受けた書き手というと、橋本治《はしもとおさむ》、椎名誠《しいなまこと》、高橋源一郎《たかはしげんいちろう》、伊丹十三《いたみじゅうぞう》、関川夏央《せきかわなつお》、という辺りでしょうか。エッセイの文体は村上春樹《むらかみはるき》にものすごく影響されました。政治的な書き物だと吉本隆《よしもとたか》明《あき》、廣松渉《ひろまつわたる》、丸山眞男《まるやままさお》ですかね。

模倣するモデルの数が少ないと「あいつは〇〇を真似《まね》してる」とすぐにばれちゃうんですけど、模倣する相手が増えてくると、それがブレンドされて、何がオリジナルなのかわからなくなってくる。様々の出自のものが混じると、独特のフレーバーが出てきます。それがいつの間にか僕のオリジナルな文体のようなものになってくる。

ぼくが「師匠」と仰ぐ大瀧詠一さんの作品には、ほとんどに先行作品があります。ですから、大瀧さんの新曲が出ると、ファンたちは「元ネタ」探しに興じたわけです。でも、ぼくたちが「この曲の元ネタは〇〇だ！」とわかったとしても、それは元ネタの一つにしか過ぎないんです。大瀧さんは、一曲につきおよそ二十曲の先行作品を「下敷き」にしていたそうですから。ご本人が「新春放談」（ラジオ番組「山下達郎《やましたたつろう》のＪＸグループ　サンデー・ソングブック」内、山下達郎と大瀧詠一の対談）で言っていました。ほんとうに多様なんですよ。ロック、ポップスから、リズム＆ブルースからカントリーからクラシックから民謡や浪曲まで。大瀧さんの元ネタは音楽史の全領域に散らばっている。

ぼくもあるとき、大瀧さんが作曲したうなずきトリオ（ビートきよし、松本竜介《まつもとりゅうすけ》、島田洋八《しまだようはち》）の「うなずきマーチ」というコミックソングの元ネタが、Dave Clark Five の"Wild weekend"だと気がついたことがあって、ツイッターにそれを書いたら、すぐに大瀧さんからメールが来ました。「これを発見したのは世界で内田さんが初めてです」とありました。これは感動で身が震えましたね。この秘密に気づいているのは世界で大瀧さんとオレだけ、というこの一体感。この想像的な共犯関係こそが「元ネタ探し」の最大の快楽なわけです。ですから、元ネタは「わかりにくいもの」ほどよい。余人がまず見出せない元ネタを発見した人は、クリエイターといきなり親密な共犯関係を取り結ぶわけですから、当然その熱狂的なファンになる。

だから、自分のオリジナルの文体を追求するなんて、愚かしいことなんですよ。そんなもの手に入れても、別にいいことないんです。それよりはいかに思いがけないところから多くのネタを引っ張ってくるか。それをいたるところにちりばめておいて、「世界でこの秘密に気づいているのはオレと君だけだよ」と読者の耳元でささやいてあげればいいんです。

本書は「池澤夏樹＝個人編集　日本文学全集」連続講義「作家と楽しむ古典」（二〇一六年十一月から二〇一七年五月までの間に丸善ジュンク堂書店池袋本店および渋谷店で開催）を元に書籍化しました。

構成　五所純子

堀江敏幸（ほりえ・としゆき）

一九六四年岐阜県生まれ。作家・仏文学者。早稲田大学教授。著書に『おぱらばん』（三島由紀夫賞）、『熊の敷石』（芥川賞）、『雪沼とその周辺』（谷崎潤一郎賞・木山捷平文学賞／「スタンス・ドット」川端康成文学賞）、『河岸忘日抄』（読売文学賞）、『なずな』（伊藤整文学賞）、『その姿の消し方』（野間文芸賞）、他多数。また訳書にジャック・レダ『パリの廃墟』、マルグリット・ユルスナール『なにが？　永遠が』などがある。『池澤夏樹＝個人編集　日本文学全集03』で「土左日記」を新訳。

酒井順子（さかい・じゅんこ）

一九六六年東京都生まれ。エッセイスト。高校在学中より雑誌にコラムを執筆。立教大学社会学部卒業後、広告会社勤務の後、執筆業に専念。著書に『負け犬の遠吠え』（婦人公論文芸賞・講談社エッセイ賞）、『枕草子ＲＥＭＩＸ』『男尊女子』『源氏《げんじ》姉妹《しすたあず》』、他多数。『池澤夏樹＝個人編集　日本文学全集07』で「枕草子」を新訳。

内田樹（うちだ・たつる）

一九五〇年東京都生まれ。思想家・武道家・エッセイスト。神戸女学院大学名誉教授。合気道凱風館師範。著書に『私家版・ユダヤ文化論』（小林秀雄賞）、『日本辺境論』（新書大賞二〇一〇）、『ためらいの倫理学』『寝ながら学べる構造主義』『日本の身体』、他多数。二〇一一年第三回伊丹十三賞を受賞。『池澤夏樹＝個人編集　日本文学全集07』で「徒然草」を新訳。

中島京子（なかじま・きょうこ）

一九六四年東京都生まれ。作家。二〇〇三年『ＦＵＴＯＮ』でデビュー。著書に『小さいおうち』（直木賞）、『妻が椎茸だったころ』（泉鏡花文学賞）、『かたづの！』（河合隼雄物語賞・歴史時代作家クラブ作品賞・柴田錬三郎賞）、『長いお別れ』（中央公論文芸賞・日本医療小説大賞）、他多数。『池澤夏樹＝個人編集　日本文学全集03』で「堤中納言物語」を新訳。

高橋源一郎（たかはし・げんいちろう）

一九五一年広島県生まれ。作家。明治学院大学教授。著書に『さようなら、ギャングたち』（群像新人長篇小説賞優秀作）、『優雅で感傷的な日本野球』（三島由紀夫賞）、『日本文学盛衰史』（伊藤整文学賞）、『さよならクリストファー・ロビン』（谷崎潤一郎賞）、『ぼくたちはこの国をこんなふうに愛することに決めた』、他多数。『池澤夏樹＝個人編集　日本文学全集07』で「方丈記」を新訳。

作家と楽しむ古典

土《と》左《さ》日《にっ》記《き》
堤中納言《つつみちゅうなごん》物《もの》語《がたり》
枕草子《まくらのそうし》
方《ほう》丈記《じょうき》
徒《つれ》然《づれ》草《ぐさ》

著者＝堀江敏幸
中島京子
酒井順子
高橋源一郎
内田樹

二〇一八年一月二〇日　初版印刷
二〇一八年一月三〇日　初版発行

装　画＝松井一平
装　丁＝佐々木暁
発行者＝小野寺優
発行所＝株式会社河出書房新社
東京都渋谷区千駄ヶ谷二－三二－二
電話＝〇三・三四〇四・一二〇一（営業）
〇三・三四〇四・八六一一（編集）
http://www.kawade.co.jp/
印刷所＝株式会社亨有堂印刷所
製　本＝加藤製本株式会社

ISBN978-4-309-72912-1
Printed in Japan

作家と楽しむ古典

古事記　日本霊異記・発心集　竹取物語
宇治拾遺物語　百人一首

池澤夏樹／伊藤比呂美／森見登美彦
町田康／小池昌代

「池澤夏樹＝個人編集　日本文学全集」で新訳を手掛けた作家たちは、それぞれの作品をどう捉え、どう訳したか。古典がぐっと身近に面白く読めるようになる、最良の古典入門ガイド。

池澤夏樹、文学全集を編む

河出書房新社編集部　編

史上初の全巻個人編集「世界」「日本」文学全集の楽しみ方とは。石牟礼道子、大江健三郎、角田光代、森見登美彦、川上弘美、中島京子、江國香織、柴田元幸ほかとの対談、エッセイなどを収録。

池澤夏樹＝個人編集　日本文学全集　全30巻（★は既刊）

★ 01	古事記	池澤夏樹訳
★ 02	口訳万葉集	折口信夫
	百人一首	小池昌代訳
	新々百人一首	丸谷才一
★ 03	竹取物語	森見登美彦訳
	伊勢物語	川上弘美訳
	堤中納言物語	中島京子訳
	土左日記	堀江敏幸訳
	更級日記	江國香織訳
★ 04	源氏物語 上	角田光代訳
05	源氏物語 中	角田光代訳
06	源氏物語 下	角田光代訳
★ 07	枕草子	酒井順子訳
	方丈記	高橋源一郎訳
	徒然草	内田樹訳
★ 08	日本霊異記	伊藤比呂美訳
	今昔物語	福永武彦訳
	宇治拾遺物語	町田康訳
	発心集	伊藤比呂美訳
★ 09	平家物語	古川日出男訳
★ 10	能・狂言	岡田利規訳
	説経節	伊藤比呂美訳
	曾根崎心中	いとうせいこう訳
	女殺油地獄	桜庭一樹訳
	菅原伝授手習鑑	三浦しをん訳
	義経千本桜	いしいしんじ訳
	仮名手本忠臣蔵	松井今朝子訳
★ 11	好色一代男	島田雅彦訳
	雨月物語	円城塔訳
	通言総籬	いとうせいこう訳
	春色梅児誉美	島本理生訳
★ 12	松尾芭蕉 おくのほそ道	松浦寿輝選・訳
	与謝蕪村	辻原登選
	小林一茶	長谷川櫂選
	とくとく歌仙	丸谷才一他
★ 13	樋口一葉 たけくらべ	川上未映子訳
	夏目漱石	
	森鷗外	
★ 14	南方熊楠	
	柳田國男	
	折口信夫	
	宮本常一	
★ 15	谷崎潤一郎	
★ 16	宮沢賢治	
	中島敦	
★ 17	堀辰雄	
	福永武彦	
	中村真一郎	
★ 18	大岡昇平	
★ 19	石川淳	
	辻邦生	
	丸谷才一	
★ 20	吉田健一	
★ 21	日野啓三	
	開高健	
★ 22	大江健三郎	
★ 23	中上健次	
★ 24	石牟礼道子	
★ 25	須賀敦子	
★ 26	近現代作家集 Ⅰ	
★ 27	近現代作家集 Ⅱ	
★ 28	近現代作家集 Ⅲ	
★ 29	近現代詩歌	
	詩	池澤夏樹選
	短歌	穂村弘選
	俳句	小澤實選
★ 30	日本語のために	